Rolf Berlimont

... pass bitte auf

junge Frau im Park

novum ■ pro

Dieses Buch ist auch als
e-book
erhältlich.

www.novumverlag.com

Bibliografische Information
der Deutschen Nationalbibliothek:

Die Deutsche Nationalbibliothek
verzeichnet diese Publikation in
der Deutschen Nationalbibliografie.
Detaillierte bibliografische Daten
sind im Internet über
http://www.d-nb.de abrufbar.

Gedruckt in der Europäischen Union
auf umweltfreundlichem, chlor- und
säurefrei gebleichtem Papier.

© 2022 novum Verlag

ISBN 978-3-99131-462-2
Lektorat: Heike Greiner
Umschlagfotos: Maksim Ladouski,
David Cabrera | Dreamstime.com
Umschlaggestaltung, Layout & Satz:
novum Verlag

www.novumverlag.com

Climate neutral
Print product
ClimatePartner.com/16547-2201-1002

Vorwort

In Abänderung eines bekannten Sprichwortes könnte man sagen: „Alt werden ist nicht schwer, alt sein dagegen sehr."

Aber hier kann man sehen, dass es auch anders geht und bescheidene Freuden den Alltag versüßen können.

Es ist so schön, wenn junge Menschen das Alter nicht nur schätzen, sondern auch durch ihre Achtung und Anerkennung der Lebensleistung der Alten bereichern.

Die nachfolgenden Zeilen sollen auch eine bittersüße Liebeserklärung für Bremen sein, die Heimatstadt des Autors.

Namensgleichheiten von lebenden und toten Personen sind rein zufällig und nicht beabsichtigt.

Rückseite des Buches, über den Autor.

Ein langes Leben als Kaufmann, Seemann, Flugbetriebsspezialist bei der Luftwaffe und leitender Kaufmann als Angestellter und Selbstständiger. Bei allem, was er auch tat, die See ist immer in seinem Herzen.

Der einfache Weg ist ihm zu langweilig, der schwere Weg brachte ihn so manches Mal an den Rand des Lebens. Jetzt ist er alt, schaut auf ein abenteuerliches Leben zurück und ist zufrieden, wie es ist.

... *pass bitte auf!*

An einem Julitag, einem Freitag, war es im Eineinhalbzimmer-apartement des alten Mannes in Bremen-Schwachhausen zu heiß, um sich dort aufzuhalten.

Der alte Mann verließ seine Wohnung am frühen Nachmittag, kurz nach seinem üblichen Nickerchen, und ging durch das schmale Treppenhaus mit den knarrenden Stufen hinunter zum Ausgang des Hauses.

Seine Knie schmerzten bei jedem Schritt, als er die Treppe hinunterstieg. Dann ging er durch den Vorgarten.

Er öffnete die Eingangspforte und stand auf dem Gehweg vor dem Haus, einer alten Villa aus der Zeit des ausgehenden 19. Jahrhunderts.

Er trug ein verschlissenes weißes Polohemd und eine helle Kappe, die seinen Kopf mit dem Kurzhaarschnitt zierte und vor Sonnenbrand schützen sollte. Aus der Kappe lugten weißgraue Haaren hinten und an den Seiten hervor.

Außerdem trug er ein paar abgewetzte Jeans und seine Plagegeister, die schwarzen orthopädischen Halbschuhe, die er tragen musste, denn man hatte ihm schon vor Jahren die Hauptzehen und noch zwei weitere an beiden Füßen amputiert.

Und zwar deshalb, weil die Blutgefäße, die die Beine mit Blut versorgten, irgendwie verstopft waren.

Auch kam er viel zu spät zu geeigneten Ärzten, weil der Hausarzt ihm auf seine Klagen, dass er kaum noch ohne Schmerzen laufen könnte, sagte: „Ach, gehen Sie in die Apotheke und kaufen Sie sich Magnesium." (Solche Ärzte sollten verklagt werden, denn die gehörten zu den Ärzten, die nur an schnellem Geld interessiert waren.)

So hatte er viel Zeit verloren. Es wurde immer schlimmer. Bis er nach einem Tipp seines Nachbarn zu einem Diabetologen ging, der nach kurzer Untersuchung die sofortige Krankenhauseinweisung veranlasste. Hier wurde festgestellt, dass ein Abzweig der Baucharterie verstopft war, der die Beine mit Blut versorgte. Es wurde ein Stent gelegt, aber für die Füße kam jede Hilfe zu spät.

Damals kam das Unglück nicht allein. Seine Frau war unheilbar krank und seine Tochter wohnte siebenhundert Kilometer weit weg im Süden Deutschlands. Aber dazu später mehr.

Er schaute sich um und überquerte die beiden gegenläufigen Straßen, die seine Unterkunft vom Städtischen Bürgerpark trennte.

Auf der anderen Seite standen im Park zwei hässliche Zeugen des letzten Krieges. Zwei etliche Meter hohe Bunker, in denen er als Kind so manche Tage und auch Nächte, bei den schweren Luftangriffen der Alliierten, verbrachte.

Er dachte, dass das Bombardieren von Städten auch Völkermord wäre. Aber wie hieß es so schön in Amerika? „The winner get's it all." Gewinner hatten immer recht. Die Verlierer immer unrecht.

Aktuell – so schien es – begingen Herr Assad mithilfe der Russen und der Türke Erdogan in Syrien ebenfalls Völkermord und die Welt schaute zu. Okay, bei der UNO und den Menschenrechtsorganisationen wurde diskutiert und bestenfalls verurteilt, aber es geschah nichts. So war das bei Politikern, eine Krähe hackte der anderen kein Auge aus.

Es war ja auch eine ausgemachte Sauerei, dass ein paar Großmächte jede Anklage vor der UN mit ihrem Veto verhindern konnten. „Vereinte Nation" war ein Witz und teures Kasperletheater.

Auch die Regierungschefs aus den meisten afrikanischen Ländern waren durch und durch korrupt, alle Hilfsgelder flossen in deren Taschen, während das Volk verhungerte oder in nationalen Kriegen litt, flüchtete oder einfach starb.

Der alte Mann erreichte den wohltuend schattigen Park und betrat die ihm seit seiner Kindheit vertrauten Wege.

Dort stand die damals bei Liebespaaren bevorzugte Bank, die von den Ästen einer alten Buche überragt wurde.

In diesen Ästen hatten er und seine Freunde eine Baumhöhle gebaut, aus der sie das Treiben dort unten gut verfolgen konnten. Ein Lächeln schlich sich in sein altes Gesicht, bevor er weiterging.

Dann kam er an eine Wegkreuzung, an der, etwas abseits vom Weg, eine alte Buche stand. Als kleiner Junge hatte er mit einem Küchenmesser, das er aus der Küche gestohlen hatte, seine Initialen in die Rinde geschnitzt.

Durch das Wachstum des Baumes in den vergangenen Jahrzehnten konnte man heute noch, nach beinahe siebzig Jahren, sehr verzerrt die Buchstaben erkennen.

Er erinnerte sich jetzt wieder an die Probleme seiner frühen Kindheit.

Sein Stiefvater wollte ihn und seine Schwester nach der Scheidung seiner Mutter von seinem Namensgeber, der nicht sein Erzeuger war, adoptieren. So hatte er zwei Jahre lang in der Schule einen Namen mit Zusatz.

Er liebte seinen Stiefvater und hätte gern dessen Namen getragen. Aus diesem Grund schrieb er nun seine Bücher unter diesem Pseudonym.

Jetzt schlug er einen Weg ein, der am Schwanenteich, am Parkhotel, an einem Spielplatz mit einigen Geräten, an all den Plätzen, die ihn an seine Kinder- und Jugendzeit erinnerten, vorbeiführte. Dieser Weg führte an ein Gewässer, das kreisförmig durch den ganzen Bürgerpark floss.

Der Weg verlief über zwei kleine Brücken an einer Erweiterung des Gewässers zu einem See.

Als er die zweite kleine Brücke überquerte, blieb er stehen und schaute nach links zu einem Gebüsch, in dem ein großer Baum stand.

Im Schatten dieses Baumes war er als kleiner Junge gesessen, versteckt hinter den Büschen, und hatte mit einem selbst gebastelten, primitiven Angelgeschirr geangelt.

Dieses Geschirr bestand aus einem Bindfaden, an dessen Ende eine als Haken gebogene Sicherheitsnadel und fünfzig Zentimeter darüber ein Weinflaschenkorken verknotet waren. Erstaunlicherweise fing er mit diesen einfachen Utensilien so manchen leckeren Fisch, der zu Hause, wo Schmalhans Küchenmeister angesagt war, mit Begeisterung in Empfang genommen wurde.

Er grinste vor sich hin, denn das Angeln im Bürgerpark war strengstens verboten.

Aber in den letzten Kriegsjahren und gleich danach gab es nur einen Aufseher für den gesamten Bürgerpark – und der konnte ja nicht überall sein.

Überhaupt hatte er als Resümee seines Lebens die Überzeugung gewonnen, dass dieser Staat, bestehend aus uns Bürgern und der Regierung mit der Zweitgesellschaft von Beamten, nur einem Zweck diente, nämlich seine Bürger zu kontrollieren und dafür zu sorgen, dass die Finanzierung nicht stockte. Aber hier wurden nur die kleinen Fische gefangen, die dicken genossen Schutz oder hatten genügend fachkundige Berater, die jedes Schlupfloch kannten.

Das geschah mit notwendigen und überflüssigen Gesetzen. So wie er immer sagte: „Wir haben keine Demokratie, sondern eine Beamtendiktatur.

Die Politiker dürfen Notzeiten und sogar Kriege verursachen, aber Kontrolle und Bevormundung des Bürgers sowie Machterhalt ist in Friedenszeiten ihr wichtigster Zweck."

Der alte Mann setzte seinen Weg fort und gelangte zu einem Café am Ufer des Sees. Es hieß Café am Emmasee, das es in seiner Kindheit noch nicht gegeben hatte.

Auf der anderen Seite dieses Gewässers gab es damals vor dem Zweiten Weltkrieg schon ein Restaurant, das zum Ufer hinab terrassenartige Abstufungen aufwies. Hier konnte man Ruderboote mieten und später gemütlich Kaffee trinken.

Leider wurde dieses schöne alte Gebäude ausgebombt, sodass der Schutt nach dem Krieg einfach weggeräumt wurde, ohne dass dieses historische Bauwerk wieder neu errichtet wurde.

Ein Augenblick Pause war jetzt angesagt, um sich für den weiteren Weg ein bisschen auszuruhen. Er betrat die Terrasse des Cafés und nahm an einem Tisch direkt am Wasser Platz.

Von hier aus konnte er auf das mit Seerosen bedeckte Wasser blicken, auf dem viele Enten herumschwammen, die auch in seine Nähe kamen, um Ausschau nach einem Brocken Brot zu halten, das einer der Gäste ihnen zuwarf.

Er konnte von hier aus die beiden kleinen Brücken sehen – und wieder schmunzelte er.

Heutzutage konnte man bei diesen beiden Brücken ein Ruderboot leihen und im gesamten Bürgerpark herumrudern.

Nachdem er bei dem Kellner, der ihn schon kannte, einen Kaffee Americano bestellt hatte, kramte er aus seiner Jacke eine Schachtel Zigarillos hervor und zündete sich eine davon an.

Genüsslich zog er daran und paffte vergnügt vor sich hin.

Er fragte sich, wer wohl in diesem fischreichen Gewässer das Angelrecht hatte. Er nahm sich vor, das herauszufinden.

Am nächsten Tag wollte er bei der Parkverwaltung anrufen. Ja, so war es, wenn man alt wurde.

Immer nahm man sich etwas vor, hatte es aber am nächsten Tag vergessen, weil es eigentlich unwichtig war.

Und wieder tauchten vor seinem geistigen Auge Erinnerungen aus seiner frühen Jugend auf.

Er war damals mit zwei Jungen aus der Nachbarschaft befreundet. Sie waren russische Flüchtlinge, sogenannte Deutschrussen. Diese beiden Jungen, sie waren Cousins, waren mit ihren Müttern und einem alten Kasachen aus der Ukraine geflüchtet. Sie hießen Alex und Eduard.

Der alte Kasache hieß Aki und bekam eine Anstellung im verwahrlosten Tierpark im Bürgerpark. Er sollte einfach diese heruntergekommene Anlage beaufsichtigen.

Die Gegenleistung für das Wohnrecht in dem maroden Bauwerk bestand darin, dass er, so nach und nach, Reparaturen durchführte und verhinderte, dass sich irgendwelches Gesindel hier einnistete.

Seine beiden Freunde und er waren oft bei Aki und fanden das alte Haus abenteuerlich. Auch konnten sie sich dann in ihrer Heimatsprache unterhalten, was der alte Mann sichtlich genoss. Aber wenn sie unter Jungs irgendwelche Pläne schmiedeten, verstand er gar nichts.

Obwohl der alte Mann damals kein Wort der Unterhaltung verstehen konnte, empfand er das Geschnatter als interessant.

Dieser alte Mann mit Namen Aki war mit weiteren Russen, die als Kriegsgefangene hier in Bremen waren, befreundet.

Die Kriegsgefangenen lebten in zwei Baracken zwischen den beiden Bunkern an der Straße, an der er selbst wohnte, und hatten die Aufgabe, bei Fliegeralarm die an der Parkallee aufgestellten Nebeltonnen aufzudrehen. Die Tonnen hüllten dann das ganze Viertel in dichte Nebelschwaden.

Diese Russen bekamen wenig zu essen, meist nur etwas Brot und Schmalz. Wir Kinder suchten die im Bürgerpark haufenweise vorkommenden Bucheckern.

Sie wurden aus den Schalen befreit, und ergänzten mit dem Brot und dem Schmalz eine durchaus nahrhafte Suppe, die wir dann auch probieren durften.

Die Russen waren dankbar und freundlich zu uns Kindern, und so entwickelte sich eine tolle und abenteuerliche Freundschaft.

Natürlich waren unsere Eltern nicht so ganz mit dieser Freundschaft einverstanden, aber wir ließen uns nicht davon abhalten, die netten Russen zu besuchen.

Mit den beiden Freunden, nein, eigentlich nur mit Eduard, dem jüngeren der beiden Cousins, stromerte der alte Mann damals immer wieder durch den Bürgerpark und machte so manchen Unsinn.

So stahlen die drei Jungen bei den hier stationierten Amerikanern leere Benzinkanister, schleppten diese zu dem großen See vor der Parkhotel-Ruine, dem Hollersee. Hier banden wir die Kanister mit den in den ausgebombten Hausruinen gefundenen Kabeln zusammen und schipperten mit diesem Floß auf dem See herum, um zu angeln.

Natürlich blieb so etwas nicht verborgen, und so tauchte schon bald der Bürgerparkverwalter auf und rief uns zu, sofort an das Ufer zu kommen. Aber wir dachten gar nicht daran, der Aufforderung Folge zu leisten. War er auf der einen Seite, waren wir auf der anderen Seite dieses großen Sees.

Erst gegen Abend, der Verwalter hatte es aufgegeben, paddelten wir ans Ufer, nahmen das Floß wieder auseinander und versteckten die Kanister in nahen Gebüschen.

Dann liefen wir auf Schleichwegen, die wir besser kannten als der Parkverwalter, mit den gefangenen Fischen nach Hause.

Schlimmer war unser Treiben, wenn wir die im Bürgerpark herumliegenden Munitionsreste, die von den erbitterten Kämpfen um Bremen noch herumlagen, aufsammelten.

Das waren dann Gewehrmunition und Kästen mit verschiedenen kleinen Säckchen Pulversorten, die für Sprengungen vorgesehen waren.

Wir brachen mit einer Zange die Kugeln aus den Patronen und sammelten das Pulver.

Als wir versuchten, das Pulver anzuzünden, stellten wir fest, dass es nur einfach schnell verbrannte und nicht explodierte. Später lernte ich als Sportschütze den Unterschied zwischen diesem Nitro-Cellulose-Pulver und dem explosionsartig verbrennenden Schwarzpulver kennen.

Dasselbe Ergebnis hatten wir bei den verschiedenen Pulversorten.

Wir stellten mit diesen Überbleibseln des Krieges viel dummes Zeug an, was ich mir erspare zu schildern.

Auch bastelten wir uns Zwillen (Steinschleudern), wofür wir Muttis Nähkasten plünderten, um die Gummibänder zu bekommen, und schossen damit auf alles Mögliche. Leider auch auf Tiere.

Hier ging es aber nicht um das Verletzen oder sogar Töten der Tiere, sondern einfach nur darum, die Treffsicherheit zu üben.

Außerdem bastelten wir uns einen Flitzebogen (Pfeil und Bogen), und für die Sehnen hatten wir ja den unerschöpflichen Vorrat an Draht aus den Trümmern der Häuser.

Viele hohle Pflanzenstängel wurden zu Blasrohren, aus denen wir reife Holunderbeeren verschossen, die dann hässliche Flecken auf der Kleidung der Getroffenen hinterließen. Solches und viel mehr dummes Zeug verzapften wir, und hatten eine Menge Spaß.

Man durfte ja nicht vergessen, dass zu dieser Zeit, so unmittelbar nach dem schrecklichen Krieg, Spielzeug Mangelware war und daher Einfallsreichtum und Flexibilität angesagt waren.

So saß der alte Mann in Erinnerungen vertieft im Café, trank seinen Kaffee, paffte seine Zigarre und schwelgte in den Erinnerungen an seine Jugend.

Ja, so war es, wenn man so alt wie dieser alte Mann wurde: Die Zukunft war dann so schmal begrenzt, und meist geschah nichts Interessantes mehr. Meist lebten alte Menschen nur noch in Erinnerungen.

Nach einer längeren Pause stand er auf und folgte dem Weg am Gewässerrand entlang.

Er erinnerte sich, dass an diesem Weg auch ein Esskastanienbaum gestanden und so manchen kleinen Hunger gestillt hatte.

Nach einigem Suchen fand er den Baum tatsächlich und begrüßte ihn wie einen alten Freund.

Er ging langsam weiter und erinnerte sich, dass er als Junge hier entlanglief, aber nicht wie jetzt, langsam und behäbig, sondern meist im Laufschritt.

Dann sah er die kleine Insel, auf der damals wilde Himbeeren wuchsen. Auf die Insel gelangten die Jungen von damals, indem sie mehrere Äste ins seichte Wasser legten, das zwischen dem Ufer und der Insel floss, und dann mit Anlauf, wie bei einem Mehrschritt-Weitsprung über die im Wasser liegenden Äste auf die Insel hinüberhüpften und dann die leckeren Früchte genossen. Zudem konnte man von dieser Insel aus wunderbar angeln, ohne entdeckt zu werden.

Heutzutage konnte man bei den beiden kleinen, schon beschriebenen Brücken, die er vorher überquerte, ein Boot mieten und so das Gewässer rund durch den gesamten Bürgerpark erkunden.

Die Zeit seiner Jugend verging jedoch wie im Flug, und all diese Erinnerungen waren Schnee von gestern, wie man so sagt.

Ihm blieb nur ein bedauerliches Kopfschütteln.

Er schritt langsam einen Hügel hinauf und betrat auf der Höhe eine große Brücke, die sich Melchiors-Brücke nannte. Vermutlich hieß sie heute noch so. Auch hier gab es eine Erinnerung.

Kurz nach dem furchtbaren Krieg, unter dem nicht nur die Erwachsenen, sondern auch die Kinder sehr gelitten hatten, gab es nicht alles zu kaufen, was man wollte.

Es gab alle Lebensmittel nur auf Berechtigungsmarken.

Die Kinder von damals waren nach Süßigkeiten ausgehungert, sodass der alte Mann seiner Mutter eine Zucker-Rationsmarke stibitzte und mit seinem Freund Eduard zum nächsten Laden lief und eine große Tüte voller Bonbons kaufte.

Danach waren sie hierher unter die Brücke gelaufen und saßen dann, niemand konnte sie hier sehen, direkt am Wasserlauf und aßen all diese leckeren Bonbons auf.

Natürlich war ihnen hinterher ziemlich schlecht, aber Süßigkeiten waren so rar, dass die Kinder einen Heißhunger auf solche Leckereien nicht unterdrücken konnten.

Der alte Mann stand auf der Brücke und schaute hinab auf diesen Platz, wo sie damals die Süßigkeiten vernascht hatten.

Wieder lächelte er vor sich hin, verließ dann aber die Brücke und ging den abschüssigen Weg weiter in Richtung Tiergehege, wo heutzutage allerlei Tiere zu besichtigen sind.

Dann stand er vor dem Haus des Parkwächters und erinnerte sich an Aki, den alten Kasachen, der schon beinahe siebzig Jahre tot war. Er nickte grüßend in Richtung des Hauses und sagte: „Hallo Aki, ich hoffe, dass du bei deinem Gott, an den du so stark geglaubt hast, gelandet bist. Danke für die schönen Stunden, die wir hier verbringen durften."

Außerdem fragte er sich, wie es Eduard gehen mochte, der damals mit seinem Cousin Alex und ihren Müttern in die USA ausgewandert war. Er nahm sich vor, im Internet nach ihm zu forschen.

Durch seine Online-Recherche erfuhr er, dass Alex noch in Las Vegas lebte, aber Eduard schon mit siebzig Jahren an Krebs verstorben war.

Müde vom bereits zurückgelegten Weg und voller Erinnerungen, die ihn doch ein wenig wehmütig machten, setzte er sich auf eine Bank mit Blick auf das Tiergehege.

Er kramte wieder eine Zigarre hervor und dampfte gedankenverloren vor sich hin. Von der Anstrengung war er ins Schwitzen gekommen und zog sich seine Jacke aus und legte sie zusammen mit seiner Kappe neben sich auf die Bank.

Hier im Schatten großer alter Bäume war es angenehm kühl, sodass er sich schnell erholte. Bald er fröstelte er sogar und zog seine Jacke wieder an.

Tief in Gedanken versunken, bemerkte er gar nicht, dass eine junge Frau neben ihm stand und ihn ansah. Sie fragte mit angenehmer Stimme: „Darf ich mich zu Ihnen setzen, nehmen Sie Ihre Sachen ein wenig zur Seite, bitte?"

Jetzt war er wieder voll bei Sinnen und erschrak ein wenig, aber sein Kavalierinstinkt war geweckt.

„Entschuldigen Sie, war in Gedanken und habe Sie gar nicht bemerkt. Selbstverständlich dürfen Sie hier Platz nehmen, die Bank ist ja für alle da."

Er nahm seine Kappe und machte der Frau Platz. Sie setzte sich und sagte: Herrlicher Platz zum Ausruhen, danke, dass ich mich neben Sie setzen darf. Es tut mir leid, dass ich Sie aus Ihren Gedanken geweckt habe."

Zunächst schwiegen beide, bis er meinte, irgendetwas sagen zu müssen.

Sie hatte so nett nach einem Platz an seiner Seite gefragt, dass er nicht so vor sich hinschweigen wollte.

„Ich lebe, zwar mit größeren Unterbrechungen, aber seit meiner Kindheit, seit den letzten Kriegsjahren und dann danach, hier am Bürgerpark. Mein Spaziergang war voller Kindheitserinnerungen, aber für mich anstrengend, sodass ich eine Pause brauchte."

„Ach, das ist ja interessant, ich bin heute das erste Mal hier und brauchte auch dringend eine Pause."

„Ist ja sehr schön hier. Gab es diesen Tierpark hier schon immer? Irgendwie habe ich mich ein wenig verlaufen. Sie können mir sicher sagen, wie ich auf dem kürzesten Weg zur Parkallee komme, wo ich meinen Wagen stehen habe? Er steht auf Höhe eines Teiches auf der linken Seite, wenn man den Park betritt. Als ich zur anderen Seite geschaut habe, konnte ich auf der rechten Seite ein Häuschen sehen, das wie ein Haus in der Schweiz aussah."

„Okay, dann weiß ich, wo ihr Wagen steht, es ist eigentlich gar nicht so weit, aber ich bin nicht mehr so gut auf den Beinen, sodass wir doch mehr als zehn Minuten dorthin benötigen", antwortete er.

„Das macht doch nichts. Ich habe jeden Freitag viel Zeit. Anschließend besuche ich meine Großmutter im Seniorenheim, und wenn das Wetter schön ist, gehe ich gern vorher noch ein wenig spazieren."

„Sind Sie am nächsten Freitag auch wieder hier im Park unterwegs? Ich kenne mich hier in diesem Park noch gar nicht gut aus, finde es aber schön, hier spazieren zu gehen. Würde mich freuen, Sie wieder zu treffen, denn Sie kennen sich hier gut aus und ich höre Ihnen gerne zu. Sie erzählen so interessant."

Er wunderte sich über die direkte Ansprache, empfand es aber nicht als Anmache. War wohl so mit den jungen Menschen in der heutigen Zeit.

„Ja, ich bin am nächsten Freitag bei gutem Wetter auch wieder unterwegs, eigentlich mehrere Tage der Woche, wenn das Wetter gut ist und ich nichts anderes vorhabe. Wenn Sie wollen, können Sie sich ja anschließen", sagte er und lächelte sie an. Jetzt sah er sie etwas genauer an, sie war wirklich eine sehr hübsche junge Frau. Sie hatte blonde, in einen Dutt gebundene Haare, eine hohe Stirn, wunderschöne blaue Augen, eine Stupsnase und schön geformte Lippen. Keine Spur von Kosmetik, die sie auch nicht nötig hatte.

Jetzt fragte sie: „Darf ich Ihren Namen wissen? Ich heiße Ortrun, wie meine Großmutter, und mit Nachnamen heiße ich Großmann. Wenn Sie wollen, dürfen Sie mich beim Vornamen nennen."

Ist wohl so bei jungen Leuten von heute, dass sie sich sofort duzen, resümierte er still vor sich hin.

Im Alter der jungen Frau wäre das während seiner Jugendzeit ein unübliches Verhalten gewesen.

Er wollte nicht unhöflich sein und antwortete: „Mein Name ist Rolf Berlimont, Sie dürfen mich Rolf nennen."

„Oh, ist das ein französischer Nachname?"

„Ja, mein Stiefvater stammte von den Hugenotten in Frankreich ab", erklärte er. Vermutlich hatte sie von den Hugenotten noch nichts gehört, das Allgemeinwissen istja heutzutage nicht mehr so wichtig.

Die junge Frau schaute auf die Uhr und meinte: „Oh, es ist schon ein wenig spät geworden, ich muss aufbrechen, denn sonst wird meine Großmutter unruhig, denn sie ist es gewohnt, dass ich jeden Freitag um die gleiche Zeit zu ihr komme. Würden Sie mir jetzt den kürzesten Weg zu meinem Auto zeigen?"

„Ja, natürlich", antwortete er und stand auf. Nach dem langen Sitzen waren seine Gelenke ganz steif geworden, was sie bemerkte.

„Lassen Sie sich Zeit, ich sehe, dass Sie Probleme haben, ich bin Krankenschwester und habe viel mit älteren Menschen zu tun."

Aber er stand nun aufrecht und wischte diese Probleme mit einer Handbewegung beiseite.

„Wir können gehen, ich zeige Ihnen den schnellsten Weg zurück."

Es dauerte dann nicht einmal zehn Minuten und sie standen an der Parkallee, gar nicht weit von ihrem Auto entfernt.

„Ich möchte mich sehr herzlich bei Ihnen bedanken und würde mich sehr freuen, wenn ich Sie am nächsten Freitag wieder treffen kann. Es ist schön, mit Ihnen zu plaudern. Ich würde dann so gegen vierzehn Uhr hier oder hier in der Nähe meinen Wagen parken. So allein gehe ich heutzutage nicht gern in eine Parkanlage. Man weiß ja nicht, wer sich hier so rumtreibt, und in Ihrer Begleitung würde ich mich sicher fühlen. Ich bin immer wieder fasziniert, was ältere Menschen in ihrem langen Leben so erlebt haben. Ich bin der Meinung, dass viele von

Ihren Altersgenossen ein Buch schreiben sollten. Käme vermutlich so mancher Bestseller dabei heraus."

„Okay", antwortete er nach diesem Redeschwall der jungen Frau, „wir können uns um vierzehn Uhr am nächsten Freitag hier treffen. Was den Lebenslauf anbelangt, bin ich nicht so sicher, dass andere Menschen daran interessiert sind. Außerdem können sich die meisten älteren Menschen die Veröffentlichung eines Buches über ihr Leben gar nicht leisten. Ich habe drei Bücher veröffentlicht, ein viertes Buch ist beinahe fertig. Ich weiß, wie teuer so etwas ist."

„Man muss schon einen bekannten Namen haben wie ein Schauspieler oder Politiker, um ein Buch kostenlos zu veröffentlichen. Außerdem haben die dann gleich die entsprechende Publicity, die Medien schaukeln das Werk sofort hoch. Ein Otto Normalverbraucher wie ich kann so schöne Bücher schreiben, wie er will: Er muss so etwas teuer bezahlen."

„Oh", meinte sie, „das wusste ich nicht. Was haben Sie denn geschrieben?"

„Erzähle ich Ihnen am nächsten Freitag, außerdem können Sie das im Internet unter meinem Namen nachschlagen. Aber jetzt fahren Sie gleich los, damit Ihre Großmutter nicht zu lange auf Sie warten muss."

Sie stieg in ihren Wagen, einen amerikanischen Jeep Wrangler, und brauste davon.

Er stand noch eine Weile am Straßenrand und sinnierte. Was war das für eine Begegnung und was sollte er davon halten?

Sie musste wohl ziemlich einsam leben, dass sie alleine im Bürgerpark herumstreifte, und einen guten Charakter haben, dass sie anschließend ihre Großmutter im Heim besuchte. Er schätzte sie so um die dreißig Jahre.

Warum hatte sie keinen Freund? Oder hatte sie negative Erfahrungen gemacht und wollte im Augenblick keine neue Beziehung?

Er beschloss, ohne irgendwelche Hintergedanken, sich ein wenig um sie zu kümmern, wenn sie es denn wollte.

Aber das würde er ja schon schnell feststellen, denn sie könnte ja jederzeit diese Situation beenden. War das eine harmlose, aber doch interessante Beziehung zwischen zwei vom Alter her so unterschiedlichen Menschen?

Langsam schlenderte er den Weg zurück in den Park, den breiten Fahr- und Reitweg am Schwanenteich entlang in Richtung Parkhotel.

An einer dann folgenden Wegkreuzung bog er rechts ab und schlug einen Weg ein, der ihn am sogenannten Schweizerhäuschen vorbeiführte.

Dort war vor dem Haus zu dieser Jahreszeit die ganze Wiese mit Millionen von Krokussen bedeckt. Wenn man so still dort stehen blieb, konnte man das durchdringende Geräusch der ebenfalls Millionen von Insekten hören, die sich am Nektar der Blüten labten.

Heutzutage fehlte dieses Geräusch, denn die Landwirte hatten beinahe alle Insekten, die für die Natur und die Vögel so lebensnotwendig waren, mit ihrer Giftmischerei getötet.

Er ging schweren Schrittes weiter und bog dann wieder rechts vom Hauptweg ab und gelangte auf einer kleinen Anhöhe zu einem Platz, auf dem Bänke zum Verweilen aufforderten. Hier konnte man das weite Gelände bis zum Schwanenteich überblicken. Er setzte sich auf eine der freien Bänke, kramte seine Zigarrenschachtel hervor und zündete sich eine weitere seiner Lieblingszigarren an.

Nun konnte er sich von dem doch für ihn weiten Weg, den er mit der jungen Frau und jetzt wieder von der Parkallee hierher zurückgelegt hatte, erholen.

Es dauerte nicht lange, dann kam ein ebenfalls schon ins Alter gekommener Mann schnaufend den Hügel herauf und fragte dann, als er stehen blieb: „Darf ich mich zu Ihnen setzen?"

Unser alter Mann überlegte einen kleinen Augenblick, weil er sich nicht sicher war, ob er Gesellschaft haben wolle oder nicht, stimmte dann aber zu.

Der Neuankömmling setzte sich stöhnend hin und meinte, man solle eigentlich gar nicht so alt werden, denn damit habe man nur Probleme. Die Knochen wollten nicht mehr so, und die Luft fehle einem bei der geringsten Anstrengung.

„Aber Ihnen scheint es ja noch gut zu gehen, denn Sie rauchen ja noch, das habe ich schon längst aufgegeben."

„Übrigens, mein Name ist Kuhlenkampf und ich wohne hier in der Parkallee, ich habe Sie vorhin mit einer jungen Frau laufen sehen, ist das Ihre Enkelin?"

„Mein Name ist Berlimont, ich wohne auch in der Parkallee. Und nein, die junge Frau ist nicht meine Enkelin, sondern eine Zufallsbekanntschaft, die sich ein wenig im Park verlaufen hatte. „Ich konnte ihr aus der Patsche helfen." „Berlimont sagen Sie?", fragte der Neuankömmling, indem er den Namen gedehnt aussprach.

„Ich dachte, dass ich den Namen schon einmal gehört hatte, aber ich habe vergessen in welchem Zusammenhang."

Aber damit war die Neugierde des Neuankömmlings nicht befriedigt.

Jetzt fragte er weiter: „Wo wohnen Sie denn in der Parkallee, ich habe Sie sonst noch niemals hier in der Gegend gesehen."

Er sah unseren alten Mann fragend an und beugte sich ein wenig näher, denn er schien schwerhörig zu sein.

„Ich bin bis auf einige Jahre Abwesenheit mein ganzes Leben hier gewesen. Ich wohne in der Hausnummer 133 zur Untermiete. Ich bin Witwer und lebe alleine."

Jetzt wurde es ihm mit der Neugierigkeit doch ein wenig zu viel, denn er war es nicht gewohnt, sich so ausgiebig zu unter- halten.

Was hatte er eben gedacht? Die Unterhaltung mit der jungen Frau hatte er doch genossen?

Er stand auf, entschuldigte sich, er habe noch einiges zu tun, und sagte: „Auf Wiedersehen", ging dann den Hügel hinab in Richtung Parkallee.

An einer weiteren Wegkreuzung bog er doch noch einmal auf einen anderen Weg, den er ebenfalls bestens aus seiner Lehrzeit kannte.

Mein Gott, wie lang ist das schon her?

Damals ging es in seinem „Elternhaus" ziemlich ärmlich zu, denn sein Stiefvater war inzwischen verstorben und seine Mutter musste wegen ihres Gallenleidens Diät halten.

Er dagegen hatte immer Hunger auf etwas deftigere Kost. So kam es dann, dass er sich von seinem ersten Lehrlingsgehalt, er durfte von den 25 DM per Monat Lehrlingsgehalt 5 DM als Taschengeld zur freien Verfügung abzweigen, einmal im Monat zum Feierabend eine Dose Ölsardinen und ein Brötchen kaufte.

Mit diesem Schatz ging er auf dem Nachhauseweg in den Bürgerpark, zu dieser Bank, an der er jetzt vorbeikam. Dort setzte er sich damals hin und verzehrte genüsslich den Fisch mit einem mitgebrachten Löffel und dem Brötchen zum Auftunken des Öls.

Als er nun an dieser Bank vorbeikam, konnte er ein Grinsen nicht unterdrücken, setzte sich hin, und die alten Bilder standen in seinem Geiste auf.

Ja, so ist es, je älter man wird, umso mehr lebt man in der Vergangenheit, und oft amüsierte er sich, wenn die Erinnerungen ihn heimsuchten.

Als er da so saß, zog es ihn noch nicht nach Hause und er zündete sich eine weitere Zigarre an und verbrachte noch ein paar Minuten an diesem für ihn so bekannten Platz.

Dann aber, seine Zigarre war geraucht, erhob er sich mühsam und trödelte gedankenverloren in Richtung seiner Wohnung.

Er bereitete sich, nachdem er sich etwas frisch gemacht hatte, sein Abendessen, sah ein bisschen fern und war an diesem Abend bald im Bett verschwunden. Der Tag hatte ihn doch sehr angestrengt.

Die kommende Woche verging schnell, und komischerweise freute er sich ein wenig auf den Freitag.

Er nannte sich einen Narren, als er am Freitagmorgen schon früh wach wurde und bald vor dem Spiegel stand und sich gründlich rasierte.

„Was soll der unnötige Aufwand, ich rasiere mich doch üblicherweise nur jeden zweiten Tag undich habe mich doch gestern schon rasiert," dachte er bei sich.

Er war dann aber schon fertig und bereitete sein Frühstück.

Nach dem ausgiebigen Frühstück saß er in seinem gemütlichen Sessel und las ausführlich seine Zeitung.

Es war eine Wirtschaftszeitung. Die Bremer Tageszeitung verabscheute er, denn sie enthielt zu viel linkes Gedankengut, und die Kommentare waren entsprechend.

Er meinte, dass eine Zeitung sich solcher Kommentare enthalten müsse und nur die Nachrichten berichten solle.

Immer war er traurig, dass seine geliebte Heimatstadt wirtschaftlich und in allen anderen Bereichen so abgerutscht war und die rote Laterne seit siebzig Jahren vor sich hertrug.

Aber, so meinte er, die Leute sind einfach nicht bereit, von ihren Gewohnheiten abzuweichen und umzudenken. Man brauchte doch nur alt genug zu werden, um zu lernen, dass Sozialismus noch nirgends auf der Welt für die Menschen Gutes brachte.

Er verglich die Bremer SPD-Wähler mit den Trump-Wählern in den USA. Und was der für Dummheiten macht, hört man ja jeden Tag, hoffentlich bricht der nicht wieder einen Krieg vom Zaun.

Dann bereitete er sich ein einfaches Gericht für das Mittagessen zu. Es sollte Spaghetti mit Sauce bolognese geben.

Er kochte die Spaghetti in Salzwasser und öffnete ein Glas mit fertiger Soße.

Nachdem die Nudeln gar waren, goss er sie über ein Sieb ab und gab sie wieder in den Topf.

Dann goss er die Sauce bolognese darüber, rührte alles durch, öffnete eine Tüte Streukäse und verteilte den Käse über sein Gericht – und fertig war das Mittagessen.

Nach dem Essen legte er sich für ein Stündchen aufs Sofa und hielt ein kleines Nickerchen.

Damit er nicht zu lange schlief, stellte er einen Wecker, der ihn nach einer Stunde zum Aufstehen aufforderte.

Er machte sich im Bad ein wenig frisch. Danach brach auf und war schon auf dem Weg in den Bürgerpark.

Er hatte eine Einkaufstüte in der rechten Hand und freute sich auf die Begegnung mit der jungen Frau.

Überhaupt keine Hintergedanken, es war einfach eine nette Abwechslung in seinem sonst so tristen Alltag. Langsam schlenderte er, entgegen seiner Gewohnheiten, nicht gleich über die Straße und direkt in den Bürgerpark, nein, heute blieb er auf dem Gehweg am Rande des Parks. Er näherte sich zu der vereinbarten Zeit dem verabredeten Treffpunkt.

Schon von größerer Entfernung sah er ihr Auto auf dem Parkstreifen. Sie war ausgestiegen und stand daneben.

Sie hatte ein wunderschönes, blassblau geblümtes Sommerkleid an, was in dem leichten warmen Wind flatterte. Als sie ihn erblickte, kam sie ihm raschen Schrittes entgegen.

Welch hübscher Anblick, wie graziös sie daherschritt, dachte er, nicht, wie man heutzutage oft bei jungen Menschen sieht, dass die Füße beim Gehen nach innen gestellt sind. Das sieht dann aus, als wenn Enten daherwatscheln.

Wenn er ein junger Mann wäre, würde er sich bemühen, diese junge hübsche Frau kennenzulernen, und, wenn ihn der Eindruck nicht täuschte, zu gewinnen.

Jetzt kam sie bei ihm an, reichte ihm mit einem entzückenden Lächeln die Hand und sagte:

„Schön, dass Sie da sind, ich habe mich schon auf unser Wiedersehen gefreut."

Die beiden wendeten sich zum Gehen und erreichten bald einen kleinen Weg, der direkt in den Park führte. Nach ein paar Schritten hakte sie sich einfach wortlos bei ihm ein. „Wo gehen wir heute hin?", fragte sie.

„Lassen Sie sich überraschen", brummte er verunsichert, und sie bogen in den breiten Fahrweg ein, der am Ententeich entlang zum Parkhotel führte.

Dieses Hotel war schon vor dem letzten Krieg ein renommiertes Stadthotel, wurde dann aber im Krieg ausgebombt.

Ein Zusammenschluss Bremer Kaufleute und Unternehmer brachte an Geld und Sachleistungen dann die notwendigen Mittel auf, dass das Hotel bald wieder in altem Glanz erstrahlte.

Er hatte telefonisch einen Tisch auf der Seeterrasse reservieren lassen und lud die junge Frau dort zu Kaffee und Kuchen ein.

Dieses Hotel-Restaurant lag direkt am großen Hollersee, von dem er ja schon berichtet hatte. Von der Terrasse aus hatte man einen herrlichen Ausblick. Man merkte ihr an, dass sie ein wenig verunsichert war, ob sie wohl, wie es alle Frauen denken, wenn sie ein nobles Restaurant betreten, angemessen gekleidet war.

Dann geleitete der Ober die beiden auf die Terrasse zu dem reservierten Tisch. Er, der alte Mann, rückte, ganz Kavalier, der jungen Frau den Stuhl zurecht, und sie nahmen beide Platz. „Ich war noch nie in einem so noblen Hotel-Restaurant. Bin ich denn angemessen gekleidet?"

„Wie können Sie so etwas anzweifeln? Ihr Kleid ist ausgesprochen hübsch, und Sie sind eine Zierde in jeder Situation." Sie errötete leicht und wandte sich ab.

Der Ober kam mit einem Servierwagen an den Tisch, präsentierte eine Auswahl von Torten und verschiedenen Kuchen. Er bat die beiden, sich für das eine oder andere Stück zu entscheiden. Nachdem sie sich das für sie Interessanteste ausgesucht hatten, er einen Kaffee Americano und sie einen grünen Tee bestellt hatte, verschwand der Ober, und nach einem Augenblick kam eine junge Kellnerin und servierte das Gewünschte.

Jetzt hatte sie sich gefangen, sie nannte ihn nun einfach bei seinem Vornamen Rolf, und sagte: „Oh, wie schön ist das hier, und so leckeren Kuchen habe ich lange nicht mehr gegessen: Ist das nicht zu teuer hier, Rolf?"

„Nein", meinte er, „ist genauso billig oder teuer wie in einer Konditorei in der Innenstadt. Nun genießen Sie mal die schöne Aussicht und den leckeren Kuchen, ich freue mich, dass es Ihnen hier gefällt."

Sie hatte ihn beim Vornamen genannt, und wie schön sie seinen Namen aussprach. Aber sie hatten sich ja bei dem letzten Treffen auch mit Namen vorgestellt, war also ganz in Ordnung.

Jetzt sagte sie, sie hätte im Internet seinen Namen eingegeben und sofort die Seiten gefunden, auf denen seine Bücher angepriesen wurden. „Das hast du alles geschrieben? Ich werde mir alle deine Bücher kaufen und bis zur letzten Seite lesen. Allerdings habe ich eigentlich gar nicht so viel Zeit zum Lesen, aber ich werde es schon schaffen."

„Na, das ist ja toll, dann habe ich wenigstens einen echten Leser und hoffentlich auch einen Fan", sagte er mit einem Grinsen im Gesicht.

„Das kann ich mir nicht vorstellen, dass ich der einzige Leser deiner Bücher bin, das sind doch hochinteressante Themen," meinte sie mit ernstem Gesicht.

„Na ja, einige Bücher wurden schon verkauft, aber von einem tollen Erfolg kann man wirklich nicht reden", antwortete er.

Sie legte ihre kleine Hand auf die seine und meinte: „Das tut mir leid, aber ich wäre an deiner Stelle recht stolz, drei Bücher geschrieben zu haben. Wer hat das schon?"

„Ich habe den Eindruck gewonnen, dass die Menschen immer weniger Bücher lesen, bestenfalls online oder in sogenannten elektronischen Büchern", sinnierte er vor sich hin.

„Aber du hast recht, es war mir ein Anliegen, mein erstes Buch zu schreiben, denn die jungen Menschen von heute leben, so ist mein Eindruck, recht oberflächlich und können sich die Gegebenheiten so nach dem großen Krieg nicht mehr vorstellen.

Sollten sie aber, denn nur so können sie mit ihren Mitteln die Politik zwingen, von kriegerischen Gelüsten abzusehen", fügte er noch hinzu. „Ich habe aber da so meine Zweifel, solange solche Politiker wie Assad, Putin, Trump und Erdogan und viele andere in den Regierungen sitzen."

„Jetzt sollten wir aber von netteren Dingen sprechen", versuchte er, die Situation zu bereinigen.

„Erzähl mir doch ein wenig von dir, ich weiß ja nur, dass du den Vornamen Ortrun von deiner Großmutter bekommen hast, die du offenbar recht lieb hast, denn sonst würdest du sie nicht jeden Freitag besuchen."

„Okay", meinte sie nun, „dann will ich mal erzählen, wie und wo ich wohne, wo ich herkomme und wie es mit meiner Familie so ist. So etwas erzähle ich wirklich sonst niemandem nach einer so kurzen Bekanntschaft.

Aber ich kann mir nicht helfen, ich habe so schnell Vertrauen zu dir gewonnen und fühle ich mich mit dir verwandt. Vielleicht sind wir ja seelenverwandt.

Dass meine Oma noch lebt, habe ich dir ja erzählt und auch, dass ich sie jeden Freitag besuche, weil ich sie so lieb habe." Sie stockte einen Augenblick, fuhr dann aber fort.

„Ich habe zwar noch eine Mutter, zu der ich aber keinen Kontakt pflege. Deshalb habe ich meine Oma besonders lieb. Meine Eltern haben sich schon früh getrennt, und mein Vater ist wohl bei einem Verkehrsunfall ums Leben gekommen.

Meine Mutter, die eine Bibliothekarin war, wurde wütend auf mich, weil ich einen Freund hatte, der ihrer Meinung nach nichts taugte. Deshalb gerieten wir in einen erbitterten Streit."

„Ich war damals so verliebt, habe ihn so vehement verteidigt," sagte sie. „Unter Protest habe ich den Kontakt dann abgebrochen und somit meine Mutter niemals wiedergesehen."

Nun konnte sie ein paar Tränen nicht unterdrücken. „Meine Mutter hatte damals doch recht, denn mein Freund hat mich mehrfach betrogen und mir nur Lügengeschichten erzählt. Ich bin ja noch jung, und so viel gibt es von mir nicht zu erzählen. Ich bin noch Single und wohne in einem Apartement in der Innenstadt, genau gesagt an der Schlachte.

Ich arbeite als Krankenschwester im Krankenhaus Bremen-Mitte.

Meine Oma ist sehr interessant. Da gibt es ein Geheimnis, was sie mir aber nicht offenbaren will, es handelt sich wohl um meine Mutter, und ich vermute, dass es mit ihrer Herkunft zusammenhängt. Von meinem Opa weiß ich eigentlich gar nichts, er ist wohl schon lange tot, und meine Oma weicht dem Thema immer aus, wenn ich mehr wissen will.

Puh, das war es schon mit meinem spannenden Leben, aber nun möchte ich auch etwas von dir erfahren, du hast doch bestimmt viel mehr erlebt."

„Ja", sagte der alte Mann, „das ist ja kein Wunder, ich bin ja schon mindestens sechzig Jahre älter als du. Da gibt es Unterhaltungsstoff für viele Stunden. Aber bevor ich damit ins

Detail gehe, lies doch erst einmal meine Bücher, dann weißt du schon das meiste.

Sie sind alle autobiografisch, bis auf den Science-Fiction-Roman." Dann holte er die mitgebrachte Einkaufstüte unter dem Tisch hervor. Sie hatte diese schon neugierig betrachtet, als sie sich trafen. „Hier habe ich ein Geschenk für dich, es sind meine drei Bücher, dann brauchst du sie dir nicht extra kaufen."

„Wenn du das erste Buch, mit dem Titel „zu eng" gelesen hast, kennst du meine Kindheit und die Gegebenheiten meiner Jugend.

Aber ich denke, dass du jetzt aufbrechen musst, wenn du deine Oma nicht warten lassen willst."

Er rief den Ober herbei und bezahlte, sie fragte, ob sie sich nicht an der Rechnung beteiligen dürfe. „Nein, ich habe dich eingeladen und hoffe, es hat dir gefallen."

„Ja, es war wunderbar. Ich habe schon lange nicht mehr so schön in einem Café gesessen und so leckeren Kuchen gegessen, aber nun muss ich wirklich los.

Bringst du mich noch zu meinem Wagen?"

„Ja, natürlich bringe ich dich sehr gern zum Auto, erstens bin ich als Kavallier erzogen und zweitens genieße ich auch deine Anwesenheit."

„Ui, war das zu direkt?", dachte er, aber dann war dieser Augenblick vorbei, und sie enthielt sich eines Kommentars.

Schon bald waren sie bei ihrem Auto angelangt und blieben einen Augenblick wortlos stehen. Sie trat auf ihn zu, nahm seine Hand und sagte: „Ich bin sehr, sehr froh, dich kennengelernt zu haben, und bin dir sehr dankbar für die schönen Stunden und das teure Geschenk."

„Gern geschehen, ich habe deine Gesellschaft als angenehm empfunden, und was ich tue, tue ich gern, denn sonst würde ich ja allein hier im Park herumlaufen.

Grüß deine Oma unbekannterweise von mir."

„Ich werde meine Oma von dir grüßen und würde mich freuen, wenn wir unsere zur schönen Gewohnheit gewordenen Spaziergänge fortsetzen, wenn das Wetter es zulässt. Aber was machen wir, wenn es regnet? Wollen wir unsere Telefonnummern austauschen, um uns bei irgendwelchen Hindernissen abzustimmen? Meine Telefonnummer ist 0421 23125 000. Und deine?" Er nannte ihr seine Telefonnummer, die sie sofort in ihrem Handy speicherte.

Er konnte sich ihre Telefonnummer gut merken, da er es gewohnt war, größere Zahlen in Zahlensilben getrennt im Kopf zu speichern.

Zu Hause hat er sie sich aber sofort notiert.

Ihre frische und absolut natürlich wirkende Direktheit, die überhaupt nicht aufdringlich wirkte, überraschte ihn.

Im Augenblick störte ihn das überhaupt nicht, besser jedenfalls als Geziertheit oder sonstiges schwieriges Verhalten.

Sie verabschiedeten sich und verabredeten sich wieder für den nächsten Freitag.

Er dachte jetzt mehr und mehr über diese Bekanntschaft nach und fragte sich, wenn es auf keinen Fall ein Sexabenteuer war, was ihn in seinem Alter nicht mehr so interessierte, wie er diese junge Frau in seine Vorstellungen und Erfahrungen eingruppieren sollte. Was veranlasste sie, sich ihm so zu nähern und den Kontakt so zu vertiefen? War sie so allein oder mochte sie keine jungen Männer ihres Alters?

Oder war die Bekanntschaft, von der sie ihm erzählt hatte, so negativ und hatte ja zur Folge, dass sie den Kontakt zu ihrer Mutter abgebrochen hatte, dass sie nicht mehr bereit war, einen Mann ihres Alters erneut zu vertrauen?

Warum hatte sie sich nicht mit ihrer Mutter versöhnt, nachdem sie ihre Freundschaft mit dem üblen Mann abgebrochen hatte?

Er beschloss, nicht weiter darüber nachzudenken und einfach diesen Kontakt zu genießen. Da war er mit sich im Reinen, er genoss ihre Nähe, ohne Hintergedanken.

Am Mittwochabend rief sie überraschend an und sagte, dass es ihr unendlich leid tun würde, aber sie hätte am Freitag einen Arzttermin. Der Besuch bei ihrer Oma müsste ebenfalls ausfallen. „Bist du nun traurig?", fragte sie neckisch.

„Ich gebe zu, dass ich das bedaure, aber die Gesundheit geht eben vor", antwortete er sofort.

„Ich hoffe, dass es nichts Ernstes ist, und wünsche dir gute Besserung."

„Ich werde dich sofort nach meiner Rückkehr von dem Arzttermin anrufen, und dann vereinbaren wir ein neues Treffen. Ich muss gestehen, dass es mir jetzt schon fehlt.

Ich melde mich, lass es dir bis dahin gut gehen."

Nachdem sie aufgelegt hatte, war er sehr in Gedanken versunken und hatte Probleme, seine Gefühle zu ordnen und zu analysieren. Was zog ihn so in den Bann dieser jungen Frau? Was zog sie so in seine Nähe?

Von beiden Seiten, so war er sich sicher, war es keine Verliebtheit oder körperliche Sehnsucht nach mehr.

Der Freitag kam, und er vermisste das wöchentliche Treffen mit der jungen Frau.

Er ging aber trotzdem im Bürgerpark spazieren wie jeden Tag, wenn das Wetter es zuließ, und wollte in dem Café am Emmasee seinen Kaffee Americano trinken und seine Zigarre rauchen.

Dieses Mal war das Café voll besetzt, sodass er seinen geliebten Platz direkt am Wasser nicht bekommen konnte.

Er entschloss sich, bis zur Bank am Tiergehege zu laufen und sich dort auszuruhen.

Dieses Mal nahm er sich nicht die Zeit, die Orte seiner Kindheit zu begrüßen, denn dann wäre er zu lang unterwegs. Es war für ihn ohnehin ein langer und beschwerlicher Weg.

Dann hatte er es geschafft und erreichte die Bank. Aber, oh Schreck, sie war besetzt.

Nun wollte und konnte er aber nicht weiterlaufen.

Er stand noch so da und nahm sich ein Herz und fragte die Frau, die dort saß, ob er sich zu ihr setzen dürfte.

Er erschrak, als sie zu ihm aufsah.

Ein unendlich trauriges Gesicht und ein beinahe leerer Blick.

„Ja, ist ja noch Platz", hörte er, und die Stimme passte zu ihrem Aussehen. Tränenerstickt und ebenfalls unendlich traurig. Er nahm völlig verunsichert auf der Bank Platz.

Er fragte: „Darf ich mir hier neben Ihnen eine Zigarre anzünden?" Er dachte, dass er sich gut überlegen müsste, wie er reagieren sollte. Da war das Herausholen und umständliche Anzünden der Zigarre der beste Weg, Zeit zu schinden.

„Ja, meinetwegen, habe früher selber geraucht", kam wieder diese traurige Stimme.

Er paffte eine Zeit lang still vor sich hin und überlegte, ob er der Frau nicht irgendwie Trost zusprechen sollte.

Dann fasste er sich ein Herz und sprach sie an.

„Ich bin ein alter Mann und erlaube mir deshalb die Frage: Kann ich Ihnen in irgendeiner Form helfen? Sie scheinen doch sehr traurig zu sein. Haben Sie einen lieben Menschen verloren?"

Erst antwortete sie gar nicht, sondern sah ihn prüfend an. Dann barg sie ihr Gesicht in ihren Händen und ein tiefes Schluchzen schüttelte ihren Körper.

Dann nach einem Augenblick fasste sie sich und sagte:

„Das ist eine lange Geschichte, nein, ich habe keinen Menschen verloren, aber meine gesamte Existenz, was genauso schlimm ist. Wissen Sie, ich bin selbstständig und betreibe einen Buchladen, eine Bibliothek, die bisher, vor der Pandemie, zwar recht dürftig, aber irgendwie lief. Jetzt kauft kein Mensch mehr ein Buch. Ich kann die Ladenmiete und die gesamten Neben- kosten nicht mehr bezahlen. Und da ich keine Umsätze habe, kann ich auch meine Wohnung und mein Auto nicht mehr bezahlen. Die Behörden, bei denen ich mich vorgestellt habe, haben mich vertröstet und mir einen Zuschuss zu meinen Kosten in

Aussicht gestellt. Aber sie konnten mir nicht sagen, wann ich mit dem Geld rechnen dürfe.

Die Beamten haben ja einen sicheren Job und keine Existenzängste, die sitzen einfach ihre Zeit ab und kassieren hinterher eine dicke Pension. Einen Antrag habe ich sofort gestellt und dort abgegeben. Ja, so ein Beamter kann sich in die Psyche eines arbeitenden Menschen nicht hineindenken, der braucht nicht lange nachdenken, wenn ihm ein Problem bekannt wird. Er kennt seine Paragrafen und Vorschriften und hält sich exakt daran, alles sehr einfach."

Er legte nun seine Hand auf ihren Arm und fragte: „Ist denn da niemand aus Ihrer Familie, der Ihnen behilflich sein könnte?"

„Nein, ich bin allein und bisher kam ich gut damit zurecht. Gut", fügte sie hinzu, „ich war mal verheiratet und habe eine Tochter, die wer weiß wo lebt. Da ich nicht mit ihrem Freund einverstanden war und das auch gesagt habe, habe ich sie verloren. Sie hat sich im Streit von mir losgesagt. Jetzt habe ich seit Jahren nichts mehr von ihr gesehen und gehört. Ich habe mich damit abgefunden, wenn es auch noch manchmal sehr wehtut. Da sie damals, als sie mich verlassen hat, auch noch umgezogen ist, und ich nicht weiß wohin, kann ich sie auch nicht erreichen. Im Telefonbuch steht sie nicht. Seit mein Mann bei einem schrecklichen Massenunfall gestorben ist, lebe ich allein."

Der Alte setzte sich zurück, kramte noch eine seiner Zigarren hervor, fragte, ob es ihr recht wäre, wenn er noch eine rauchte, was sie mit einem Kopfnicken beantwortete.

Jetzt zündete er die Zigarre umständlich an und meinte:

„Ui, das ist aber eine sehr schwierige Lage, darüber muss ich erst einmal nachdenken. Wenn ich Millionär wäre, würde ich sagen, wo ist das Problem, aber das bin ich nicht, ich bin nur ein Rentner. Aber gut, dass Sie Ihr Herz ausgeschüttet haben, das erleichtert in den meisten Fällen etwas."

„Ich bin Ihnen für das Zuhören dankbar, aber damit löse ich leider keines meiner Probleme. Mein Vermieter hat mir angedroht, die Ladenpacht und die Wohnungsmiete zu kündigen, wenn ich nicht sofort bezahle. Und wie soll ich das bezahlen, wenn ich keine Einnahmen habe? Ich kann mir ja noch nicht einmal genug Essen kaufen. Und wer weiß, wann mir die Behörden helfen, das sind Beamte, die sich nicht in meine Lage reindenken können oder wollen, und so kann es noch Wochen dauern."

Der Alte schüttelte den Kopf und sagte nach einem Augenblick: „In unserem Land braucht niemand zu hungern, und in Ihrem Fall wird Ihnen das Sozialamt ganz sicher helfen."

Zuerst dachte er: „Die will mich nur abzocken, das ist wohl ihre Masche."

Dann aber war er so von ihrer Notlage überzeugt, dass sein Mitleid siegte.

Nach einem Augenblick fügte er hinzu: „Wissen Sie was? Ich lade Sie zu Kaffee und Kuchen ein, und dann beratschlagen wir in aller Ruhe, was zu tun ist."

Sie sah in dankbar an, und nach einem Augenblick erhoben sie sich und gingen gemeinsam in Richtung Meierei. Das war ein Kaffee und Restaurant, das nicht weit vom Tiergehege lag und stadtbekannt war.

Sie bekamen einen schönen Tisch mit Aussicht auf die Bremer Domtürme in der Ferne. Auch konnte man das Parkhotel, das auf der anderen Seite des Geheges lag, gut erkennen.

Als der Ober an ihren Tisch mit einem Rollwagen kam, auf dem diverse Torten und Kuchenstücke zur Auswahl standen, merkte er, dass sie am liebsten alles genommen hätte, aber die Qual der Wahl hatte.

„Sie können sich auch mehrere Stücke auswählen, mir geht es auch immer so, dass ich Probleme bei der Auswahl habe. Es ist ein so reichhaltiges Angebot, sodass man wirklich nicht weiß, welches der Stücke man am liebsten nehmen würde", sagte er.

„Sie können in Ruhe auswählen, ich bediene mich schon einmal, ich nehme eine Krawatte und ein Stück Bienenstich und dazu einen Kaffee Americano."

Jetzt war sie wirklich an der Reihe. Er hatte sich entgegen seinem Appetit zwei Stücke bestellt, einfach weil er merkte, dass sie wohl sehr hungrig war und nur aus Bescheidenheit sich nicht traute, zwei Stücke zu nehmen.

Jetzt aber konnte sie, weil er auch zwei Stücke genommen und sie aufgefordert hatte, es ihm gleichzutun, mehr als ein Stück aussuchen, ohne unbescheiden zu wirken.

Sie bestellte ein Stück Butterkuchen und ein Plunderstück und einen Milchkaffee.

Es dauerte dann keine fünf Minuten und all die wunderbaren Kuchenstücke und der Kaffee wurden vor ihnen ausgebreitet.

Er wünschte ihr guten Appetit und begann, die herrlichen Köstlichkeiten zu verspeisen.

Jetzt war sie nicht mehr zu halten und schmauste mit einem glücklichen Lächeln in ihrem jetzt wieder entspannt wirkenden Gesicht, ihr Kuchen und der Milchkaffee waren wohl auch nach ihrem Geschmack.

Nach einem Augenblick des Schweigens kam er erneut auf ihre Situation zu sprechen. Er wollte doch Vorsicht walten lassen und mal auf den Busch klopfen.

„Wie soll es denn jetzt mit Ihnen weitergehen, ist Ihr Vermieter mit einer Stundung der Miete einverstanden, was er in dieser Situation wohl muss? Er kann sie ja nicht einfach vor die Tür setzen. Sie sollten noch einmal mit ihm darüber sprechen. Die Bundesregierung will ja in solchen Fällen helfen und hat die Vermieter angewiesen, Mietrückstände zu stunden, bis die Pandemie abgeklungen ist, bis Sie wieder in Ihren Beruf zurückkehren können."

„Aber wie lange dauert dieser Zustand denn noch? Und meinen Sie denn, dass nach Ende der Pandemie die Leute sofort loslaufen und Bücher kaufen? Ich sehe überhaupt kein Licht am Ende des Tunnels. Am besten ist es, ich gehe gleich zu einer Schuldenberatung oder melde sofort eine Firmen- und Privatinsolvenz an. Denn ich kann den Laden nicht halten, ich habe ja nicht einmal genug Geld, um mich ausreichend zu ernähren."
Sie sah ihn an, und erneut kullerten Tränen über ihre Wangen.

„Die Behörden haben jetzt viel mehr Hartz-IV-Personen zu versorgen, und der Vermieter kann in dieser momentanen

Situation auch keinen Nachmieter finden", sagte er. Er fuhr fort: „Niemand will sich damit aufhalten, Ihr Geschäft aufzulösen. Aber nun essen Sie mal Ihren Kuchen und genießen Ihren Milchkaffee, und dann sehen wir mal weiter, wie wir fürs Erste ein Problem nach dem anderen lösen."

Wie sie da wie ein Häufchen Elend saß, überlegte er, er war sich sicher, in dieser Situation helfen zu müssen, so wie er helfen konnte.

Da waren sicher tausende Kleinunternehmen, denen es genauso erging wie seinem Gegenüber.

„Aber der Staat hatte doch schnelle Hilfe zugesagt, da musste man doch sofort einen Antrag stellen, und das Sozialamt müsste doch hier ohne bürokratische Hürden erst einmal eine Überbrückungshilfe leisten?"

Er fügte hinzu: „Auch der Vermieter hat die Wahl zwischen leer stehenden Gewerberäumen und einer leer stehenden Wohnung und einem vorübergehenden Mietausfall und einer Stundung, mit der Aussicht auf eine spätere Nachzahlung."

Als sie beide ihren Kuchen gegessen und ihren Kaffee ausgetrunken hatten, rief er den Kellner und bezahlte.

Sie sah ihn fragend an, aber er wischte diese Frage mit einer Handbewegung beiseite. „Ist alles in Ordnung, ich kann es mir Gott sei Dank leisten."

Er wandte sich ihr zu, sah in ihr trauriges Gesicht, das sich aber schon ein wenig aufgehellt hatte, und sagte:

„Wir gehen nun gemeinsam das Nötigste einkaufen, denn zu essen sollte jeder Mensch genügend haben."

Sie wandten sich zum Gehen, und er fragte, wo ihr Auto stehen würde. Sie antwortete: „Das steht bei mir vor dem Haus, denn ich habe es abgemeldet. Die laufenden Kosten und den Treibstoff kann ich mir schon lange nicht mehr leisten. Ich bin hier in den Bürgerpark zu Fuß gekommen, ich musste mal etwas Abstand zu meinen Sorgen bekommen."

Er überlegte nicht lange und sagte: „Kommen Sie mit, wir gehen zu meiner Wohnung, nehmen meinen Wagen und fahren zum Einkaufen. Ich kann in meinem Alter die ganzen Sachen nicht mehr zu Fuß transportieren, und Sie sollen das auch nicht."

Und so war es jetzt, sie gingen gemeinsam zu seiner Wohnung, dann in die Garage, stiegen in sein Auto und fuhren zu einem Supermarkt.

Er dachte nach, was er selbst noch brauchte, aber ihm fiel nichts ein. Er war eigentlich mit allen Dingen des täglichen Lebens gut versorgt.

Er bat sie, so einzukaufen, als wäre Geld kein Problem.

„Suchen Sie sich genügend Proviant für mindestens eine Woche aus. Über das Geld brauchen Sie sich keine Sorgen zu machen. Wissen Sie, ich bin schon lange ein sehr erfolgloser Buchautor und habe bisher drei Bücher veröffentlicht, die sehr zögerlich verkauft werden. Wenn Sie meine Bücher in Ihre Bücherei aufnehmen und ein wenig Reklame für sie machen würden, wäre ich Ihnen zu Dank verpflichtet, und wir wären quitt."

„Oh, darüber müssen wir uns aber noch sehr ausführlich unterhalten, denn ich kann mir nicht vorstellen, was Sie für Geschichten erzählen", sagte sie in seine Richtung.

„So", sagte er dann, „jetzt wollen wir aber erst einmal ordentlich einkaufen, denn ich will nicht, dass Sie, bis Ihnen die Behörden helfen, hungern müssen."

Sie sah ihn dankbar, aber irgendwie auch prüfend an, und begann mit dem Einkauf.

Wenn sie irgendetwas ansah, aber es dann doch nicht nahm, ermunterte er sie, nicht zu zögern und sich alles zu kaufen, wonach ihr der Sinn stünde.

Oft musste er sie ermuntern und fragen, was sie denn in den nächsten Tagen zum Frühstück, Mittag- und Abendessen sowie zu trinken möchte: „Nehmen Sie alles mit, ich verlange ja auch eine Gegenleistung."

Langsam füllte sich der Einkaufswagen, und dann bat sie ihn, noch eine Flasche Rotwein mitnehmen zu dürfen.

„Okay, ich trinke auch gern einen guten Tropfen, der Trollinger oder Merlot ist gut und preiswert, davon können Sie getrost ein paar Flaschen draufpacken."

Nachdem sie ihrer Meinung nach alles eingepackt hatten, was sie für nötig hielt, ging es zur Kasse, und er bezahlte die Waren.

Als sie dann alles in seinem Auto verstaut hatten, sagte er: „Jetzt muss ich nur noch erfahren, wo Sie denn wohnen, ich muss ja wissen wohin wir fahren."

„Oh, entschuldigen Sie, ich habe mich noch nicht vorgestellt. Sie können ja nicht wissen, wohin Sie müssen. Ich wohne in der Rembertistraße." Sie nannte ihm auch die Hausnummer.

Dort angekommen, stellte sich heraus, dass sie in der ersten Etage ihre Wohnung hatte, direkt über dem Buchladen, sodass der gesamte Einkauf zwei Treppen hinaufgeschleppt werden musste.

Nachdem der Kofferraum seines Autos leer war, bat er sie, sich einen Augenblick hinsetzen zu dürfen: „Wissen Sie, in meinem Alter geht das nicht mehr so flott wie früher."

„Aber selbstverständlich, darf ich ihnen irgendetwas zu trinken anbieten? Ich nehme an, dass Sie zu dieser Tageszeit noch keinen Rotwein trinken?

Wollen Sie nicht noch bis zum Abendessen bleiben? Mir schmeckt es gar nicht allein, und Sie haben mich so reich beschenkt, ich würde mich sehr freuen."

Sie sah ihn fragend an und ergänzte dann: „Bitte, bitte, machen Sie mir die Freude, wir können dann auch über Ihre Bücher sprechen, ich bin schon sehr neugierig, und wir können dabei ein Glas Rotwein trinken."

Er überlegte einen Augenblick, stimmte zu, denn ihm schmeckte es allein zu Hause auch nicht immer.

Und so saßen sie schon bald an einem reich gedeckten Abendbrottisch und schmausten gut gelaunt.

Er erzählte dann von seinen Büchern.

Heute wäre er zu der Überzeugung gelangt, dass sein erstes Buch niemals einen Lektor gesehen hätte, und dass der Vertrag mit dem Verlag nicht in Ordnung wäre.

„Mein Buch, dass erste meiner Werke, handelt von meiner Kindheit, meiner Jugend und reicht bis zum zwanzigsten Lebensalter."

Dann erzählte er von seinem zweiten Buch, der schweren Krankheit und dem Tod seiner Frau und zuletzt von seinem Science-Fiction-Roman.

Sie hörte aufmerksam zu und wurde ganz zappelig, er musste ihr versprechen, da sie ja zur Zeit wenig Geld hatte, ihr von jedem seiner Bücher ein Exemplar zum Verkauf zu überlassen.

„Wenn die gut laufen", so versprach sie, „werde ich bei Ihrem Verlag sofort weitere Exemplare nachbestellen."

Dann nach einer gewissen Zeit, während der Schlemmerei, in der sie beide über das Gesagte und die Vorkommnisse des Tages nachdachten, klopfte sie sich auf den Mund und sagte: „Wissen Sie was? Wir haben uns ja noch gar nicht vorgestellt, wir können uns ja, so wie die Situation im Augenblick ist, gar nicht kontaktieren, ich gebe Ihnen meine Visitenkarte, dann haben Sie auch gleich meine Telefonnummer."

Sie hieß Claudia Großmann, und die Adresse stimmte auch mit der überein, an der sie nun waren.

Er griff in seine Brusttasche und zog auch eine Visitenkarte heraus, auf der sein Autoren-Pseudonym und seine Telefonnummer zu lesen waren. Er hatte alle seine Bücher nicht unter seinem eigenen Namen geschrieben, so konnte er dichterische Freiheiten verwenden.

Irgendetwas hielt ihn davon ab, ihr seinen bürgerlichen Namen zu nennen, und so kannte sie nur seinen Autorennamen.

„So", sagte er, „nun haben wir uns vorgestellt und können uns jederzeit kontaktieren. Sie sollten mir berichten, wie die Behörden in Ihrem Fall entscheiden. Wenn es zu lang dauert, lassen Sie es mich wissen."

Dann schaute er auf die Uhr und erschrak.

Wollte Ortrun sich nicht heute noch melden und berichten, was der Arzt gesagt hatte?

Er deutete jetzt wahrheitsgemäß an, dass er umgehend aufbrechen müsste, da er einen für ihn wichtigen Anruf erwartete, und verabschiedete sich höflich.

Ihr war die Enttäuschung doch anzumerken, denn sie hatte sich wohl einen schönen Abend vorgestellt.

Sie trat nun, als er ihr die Hand zum Abschied reichte, sehr nah an ihn heran und fragte: „Darf ich Sie zum Abschied umarmen? Sie haben mir seelisch und materiell mehr geholfen als sie denken."

Sie umarmte ihn eng und hauchte ihm ein „danke für alles" ins Ohr. Dann trat sie zurück, und er sah, dass sie stark errötete.

„Ist schon alles in Ordnung, habe ich gern getan", sagte er und verließ die Wohnung und das Haus. Er fuhr nach Hause, stellte den Wagen wieder in die Garage und eilte in seine Wohnung.

Er hörte seinen Anrufbeantworter ab und erfuhr, dass Ortrun Wort gehalten hatte. Sie teilte ihm mit, dass es keinen Grund zur Sorge gäbe, der Arzt hatte nur gute Nachrichten für sie.

Zum Abschluss fragte sie: „Wann wollen wir uns wiedersehen? Bitte ruf mich doch wieder zurück."

Danach war das Gespräch zu Ende.

Er saß noch vor dem Telefon, als es auf einmal läutete.

Er nahm den Hörer auf und freute sich. Ortrun war am Apparat und sagte: „Mach dir keine Sorgen, ich bin total gesund und möchte einen neuen Termin für ein Treffen vereinbaren. Was hältst du von Samstagnachmittag? Meiner Oma würde dieser Termin, im Anschluss an unsere Wanderung, auch zusagen."

„Ja, natürlich sagt mir dieser Termin zu und ich habe sonst nichts Wichtiges vor. Wann und wo wollen wir uns treffen? Ich muss in der Stadt etwas einkaufen. Wollen wir uns zum Beispiel um fünfzehn Uhr am Roland treffen?"

Er war etwas verunsichert, wenn Frauen sich mit einem Mann in der Stadt treffen wollten, bedeutete das eine auf ihn zukommende Einkaufsorgie, er zögerte mit der Antwort, sagte dann aber zu und versprach, pünktlich am Roland zu sein.

Obwohl man in Bremen immer sagte, dass man sich nicht am Roland treffen sollte, denn die Erfahrung zeigte, dass solche Verabredungen meist zum Scheitern verurteilt waren. So jedenfalls der Aberglaube.

„Ich freue mich jetzt schon, und was ich dir noch sagen wollte, ich habe dein erstes Buch durchgelesen und bin so beeindruckt und nun kann ich dich noch weniger einordnen. Ich bin sehr neugierig, mehr von dir zu erfahren, es ist wie ein Abenteuer."

Am Samstagmittag rief sie erneut an und sagte: „Ich habe den Einkauf schon erledigt und möchte viel lieber wieder mit dir durch den Bürgerpark schlendern und mich mit dir unterhalten. Meine Oma ist leider im Krankenhaus, daher kann ich auch schon am Vormittag zu ihr gehen, sodass wir den ganzen Nachmittag für uns haben. Ich habe ihr bereits etwas von dir erzählt, und nun will sie dein Buch auch lesen. Ich werde es ihr mitnehmen, dann ist ihr im Krankenhaus nicht so langweilig. Als ich ihr von dir erzählt habe, meinte sie, mich vor einem Abenteuer mit einem so viel älteren Mann warnen zu müssen. Ich habe mich wohl so positiv ausgedrückt, dass sie dachte, dass wir ein Verhältnis miteinander haben."

Nun lachte sie ihr so angenehmes Lachen und meinte: „Ich habe wirklich niemals gedacht, dass ich auch einen großväterlichen Freund haben könnte, ohne irgendwelche Hintergedanken."

Er war ein wenig überrascht, stimmte ihr aber zu, ergänzte dann aber: „Ich empfinde es auch, trotz meines Alters, überraschenderweise recht angenehm, mich mit dir zu treffen. Bisher hatte ich die Meinung vertreten, dass die jungen Menschen heutzutage recht oberflächlich und bestimmt für mich keine Gesprächspartner sind. Habe einfach zu viel erlebt und erduldet, sodass, so meine ich, bei den jungen Menschen einfach die Tiefe fehlt. Die Interessen zwischen ihnen und mir sind so weit auseinander, dass es einfach nicht passt."

Sie zögerte einen Augenblick, dann fragte sie: „Hoffentlich bin ich für dich trotz meines Alters nicht zu langweilig."

„Nein", sagte er, „dann würde ich es dich wissen lassen. Du bist erfrischend natürlich, für mich angenehm im Umgang, und ich freue mich jedes Mal, wenn wir uns wieder treffen."

Besonders freute er sich, dass sie ihren Einkauf schon erledigt hatte, denn er hatte, in Erinnerung an seine verstorbene Frau, eine endlose Einkaufstour befürchtet und war angenehm überrascht.

„Du sagst ja gar nichts. Ist es dir mit dem Termin nicht recht?", fragte sie etwas verunsichert.

„Nein, nein, ich war nur in Gedanken, entschuldige, mir ist der Termin für heute im Bürgerpark genehm."

„Okay, schön, ich freue mich schon, bis dann."

Dann legte sie auf und hinterließ einen hoffnungsfrohen alten Mann, der sich wie ein Kind auf Weihnachten freute.

Selbstredend war er pünktlich aus dem Haus gegangen und rechtzeitig unterwegs.

Gerade als er sich dem Ort der Verabredung näherte, sah er ihren Wagen heranbrausen.

Sie musste erst ein Stück an dem Treffpunkt auf der Gegenspur vorbeifahren, um dann bei nächster Gelegenheit zu wenden, denn die beiden Fahrbahnen waren durch einen Grünstreifen getrennt, den man ja nicht einfach überfahren durfte.

Dann stand der Wagen neben ihm, und sie stieg mit einem strahlenden Lächeln aus und kam auf ihn zu.

„Ich schimpfte mich schon selbst, albern zu sein, aber ich freue mich immer, als würde ich ein Geschenk bekommen", sagte sie ihm, immer noch seine Hand in der ihren haltend.

„Du brauchst dich deshalb nicht zu schimpfen, ich freue mich doch genauso", antwortete er und sah ihr in die Augen, die ihn anstrahlten.

„Weißt du", sagte er jetzt, „in meinem Alter sind die Freunde rar geworden, und man wird wirklich immer einsamer, und so bist du für mich zu einem Highlight in meinen sonst nicht so spannenden Tagen geworden. Ich hätte nie gedacht, dass ich in meinem Alter einen jungen Menschen treffe, mit dem ich mich auf Augenhöhe fühle und auch noch so angenehm unterhalten kann. Liegt wohl an deinem Beruf, der den Menschen doch wohl früher reifen lässt."

Dann ließen sie seine Hände los und wendete sich zum Gehen.

Wie selbstverständlich hakte sie sich bei ihm ein, und er vernahm einen zarten Duft, der von ihr herüberwehte.

Sie war schick angezogen, ein sandfarbener Hosenanzug, der ihre schöne Figur betonte.

„Wo gehen wir heute hin?" fragte sie ihn nun.

„Wenn es dich nicht langweilt, zeige ich dir so manche Stelle im Park, die in meiner frühen Jugend eine Rolle spielte."

„O ja, das interessiert mich, und es ist viel interessanter als einfach nur ein Spaziergang."

Sie kamen am Schwanenteich vorbei, und er erzählte ihr, dass der im Winter immer am schnellsten zufror: „Und deshalb waren wir Jungen immer sehr früh dabei, ‚Wettglitschen' zu veranstalten. Manchmal war das Eis noch so dünn, dass es unter den Kindern noch schwankte. Einmal, ich konnte es wieder einmal nicht abwarten, dort zu glitschen, gab das Eis nach und ich brach ein. Aber der Teich ist nicht so tief, sodass ich nur bis zum Bauch im kalten Wasser stand.

Es war aber so kalt, dass ich, als ich zu Hause ankam, die Hose in die Ecke stellen konnte, sie war komplett gefroren. Meine Mutter war überhaupt nicht besorgt, sondern schimpfte mich stark aus. Ich musste ihr allerdings, von meiner Seite aus nur halbherzig, versprechen, so etwas nie wieder zu tun."

Die beiden gingen nun weiter und bogen dann am nächsten Weg rechts ab.

An der Wegkreuzung blieben sie stehen, er wendete sich um, deutete in die Gegenrichtung und sagte: „Hinter dem nächsten Wäldchen verläuft die Hollerallee.

Dort wohnte damals mein Cousin Horst Ihlbrock, mit dem ich so allerlei Unsinn verzapfte. Leider wanderte der dann in den fünfziger Jahren in die USA aus, sodass ich einen nahen Verwandten und Freund aus den Augen verlor."

„O ja, ich erinnere mich, dass du ihn in deinem Buch erwähnt hast", meinte Ortrun nun.

Dann gingen sie in die eingeschlagene Richtung und gelangten vor das Schweizerhäuschen, in dem sich die Parkverwaltung befand.

Aber das Besondere an diesem Ort war die Wiese vor dem Haus. Hier blühten zu einer bestimmten Jahreszeit Millionen von Krokussen in allen Farben.

Sie hatten nun das Glück, dass es zwar der richtige Zeitpunkt im Jahr war, allerdings nicht zur Vollblüte, aber man konnte immer noch die Farbenpracht bestaunen.

Sie war hellauf begeistert und nahm sofort ihr Handy aus der Handtasche, das heutzutage beinahe jeder Mensch bei sich hat, machte viele Aufnahmen und drehte sich dann um und knipste in seine Richtung.

„Nun habe ich dich immer bei mir", scherzte sie.

Er schüttelte den Kopf und wendete sich zum Gehen. Dann bogen sie rechts ab und gelangten auf eine kleine Anhöhe, von der aus man eine so schöne Aussichthatte. Diese Anhöhe war ringsherum mit Gartenazaleen bepflanzt, die einen herrlichen Duft verbreiteten.

Er dachte automatisch an die Frau, mit der er einen Tag vorher hier gewesen war, und fragte sich, wie es ihr wohl ginge. Er nahm sich vor, sie nach dem Verlauf der Planung zu befragen.

Aber zurück zur Gegenwart.

Seine Begleiterin schnaufte tief ein und sagte: „Wie ist das hier bloß schön – und dieser betörende Duft, herrlich."

Sie gingen weiter und gelangten so zu der Bank, die er schon in seinem Buch beschrieben hatte.

Er erzählte ihr nun, was es mit dieser Bank auf sich hatte.

Sie schüttelte den Kopf und meinte: „Ich kann mir vorstellen, dass dich dieser Ort so anrührt, muss ja damals eine ganz hässliche Notzeit gewesen sein, kannman sich heute kaum vorstellen."

„Ja", sagte er, „Ölsardinen esse ich heute noch gerne." Nachdem sie einen Augenblick auf der von ihm Ölsardinenbank genannten Bank gesessen hatten, gingen sie weiter und gelangten zu einer anderen Bank.

Die wurde von einer großen alten Buche und deren dicht belaubten Zweige überragt. „In ihren Zweigen hatten wir Jungen eine Baumhöhle gebaut. Von dort oben konnten wir die Liebespaare belauschen."

Als er ihr das erzählte, lachte sie laut auf und schüttelte den Kopf. „Eigentlich finde ich das ganz schön gemein, was ihr da gemacht habt."

„Na ja, das war ja auch bestimmt ganz schön mühsam, dort oben eine Astgabel mit Draht so zu präparieren, dass man sich dort sicher aufhalten konnte. Außerdem", fügte er hinzu, „so oft waren wir auch nicht da oben, und es kamen ja auch nicht so viele Liebespaare vorbei."

Jetzt wollte er ihr auch noch den Baum zeigen, in den er vor mehr als 70 Jahren seine Initialen geschnitzt hatte.

Sie war beeindruckt, dass man das nach so vielen Jahren noch sehen konnte.

Wie beiläufig schaute er auf seine Uhr und meinte: „Ich glaube, dass wir uns ganz schön verplappert haben. Musst du nicht aufbrechen, um deine Oma zu besuchen?"

„Nein", sagte sie, „ich hab dir doch erzählt, dass meine Oma im Krankenhaus liegt und ich sie da am Vormittag besucht habe."

„Entschuldige bitte", sagte er, „hab ich irgendwie aus lauter Gewohnheit gedanklich verdrängt, zu schön sind die Freitagnachmittage."

Sie änderten nun aber trotzdem die Richtung und waren nach etwa zehn Minuten an ihrem Auto. „Bist wohl froh, dass du mich nun wieder loswirst", sagte sie und grinste neckisch in seine Richtung.

„Wie kommst du auf so einen Unsinn?", meinte er nun.

Er fuhr fort: „Ich habe dir doch schon erzählt, dass du dir nicht vorstellen kannst, wie einsam ein so alter Mann wie ich manchmal ist. Ich freue mich doch so sehr über deine Gesellschaft. Wenn es dir zu langweilig mit mir ist und dir meine Kindereien auf den Nerv gehen, musst du es mir ganz ehrlich sagen."

Sie wollte schon einsteigen, drehte sich dann aber um, kam auf ihn zu, schlang ihre Arme um seinen Hals und sagte: „Rede nicht so einen Blödsinn, ich bin doch glücklich, dass wir uns kennengelernt haben und ich bin so gerne in deiner Gesellschaft und freue mich die ganze Woche auf unser Wiedersehen." Sein Herz blieb beinahe stehen.

Dann ließ sie ihn los, drehte sich wortlos um, stieg in ihr Auto und brauste davon.

Uhi, was war das denn? Er fühlte noch die Umarmung, ihren schlanken Körper, und buchstabierte ihre Antwort vor sich hin. Er brauchte einen Augenblick, um in die Realität zurückzukehren.

Dann kehrte er in den Bürgerpark zurück, setzte sich auf die nächstbeste Bank, zog seine Zigarrenschachtel hervor und steckte sich eine Zigarre an.

Er musste diesen Tag erst einmal Revue passieren lassen – und vor allem verarbeiten.

Als er am Abend vor dem Fernseher saß, klingelte das Telefon. Er nahm voller Vorfreude den Hörer ab, denn es konnte ja nur Ortrun sein. Wer sollte ihn sonst anrufen?

Sie war es, und sie erzählte einfach drauflos.

Sie hatte mit ihrer Oma telefoniert und hatte ihr unter anderem von ihrem Treffen und den Gesprächen erzählt.

„Als ich ihr erzählte, dass du einen Cousin hast, der in der Hollerallee wohnte und in die USA ausgewandert sei, schwieg sie einen Augenblick und ich musste noch einmal jedes Detail unserer Unterhaltung wiedergeben. Sie fragte auch noch einmal nach deinem Namen. Kennst du vielleicht meine Oma von früher?"

„Nicht dass ich wüsste. Wo hat deine Oma denn früher als junge Frau gewohnt?"

„Sie wohnte, bis sie ins Altersheim kam, in Kirchweyhe, das ist ein Vorort von Bremen."

„Ja, ja, ich weiß, wo Kirchweyhe ist, aber ich denke, dass ich deine Oma nicht kenne", resümierte er.

Sie bohrte auch nicht weiter, plauderte einfach drauflos und betonte, wie nett es mit ihm immer wäre, und dass sie sich schon auf das nächste Mal freute."

„Nett?", dachte er noch, „das ist doch so eine laue Floskel." Er hatte gedacht, dass es ihr „sehr" gefallen hatte.

Aber Sie war so tief in sein Leben gedrungen, dass er ihre Gesellschaft gar nicht mehr missen wollte.

Wie öde war es vor ihrer Bekanntschaft. Und jetzt?

Jetzt hatte er eine dankbare und interessierte Zuhörerin und eine durch und durch angenehme Situation, wenn er mit ihr zusammen war.

„Was hältst du davon, wenn wir uns an meinem freien Tag, am Mittwoch, schon wiedersehen?", fragte sie. „Ich möchte nicht wieder bis zum Wochenende warten."

Zuerst verschlug es ihm die Sprache und er musste mit seinen Gefühlen kämpfen. Was bahnte sich da an?

Hatte er es zu weit kommen lassen, war sie schon abhängig von ihren Zusammenkünften?

Dann aber sagte er zu und nahm sich vor, sie zu fragen, ob sie denn sonst keine Bekannten oder Freunde hätte.

Der Mittwoch kam, sie war pünktlich zur Stelle.

Er schlug ihr vor, ein Stück weiter die Parkallee hinunterzufahren, denn er wollte mit ihr in ein Parkrestaurant gehen, weil man da auch einen anderen wunderschönen Teil des Bürgerparks erreichte, der zu Fuß sonst für ihn zu weit war.

Sie willigte ein und lud ihn ein, in ihr Auto zu steigen.

Als er Platz genommen und sich angeschnallt hatte, drehte sie sich lächelnd zu ihm um und sagte: „Brauchst keine Angst haben, ich bin schon viel gefahren und fühle mich sicher."

„Okay", sagte er, „ich habe keine Angst, aus dem Alter bin ich lange raus, außerdem fährt jeder Mensch anders, mal sehen, was du für eine Fahrerin bist."

Sie startete den Motor und fuhr langsam an. Und bald nach circa einem Kilometer sagte er ihr: „Pass bitte auf, vor der Eisenbahnüberführung ist links eine Einfahrt in den Park."

Die Einfahrt war gefunden, und sie rollten langsam auf den Parkplatz des „Waldschlösschens." Nach einem kleinen Stück Weg erreichten sie ihr Ziel.

„Oh, das sieht ja recht nett aus", meinte sie.

„Ist ja nicht so vornehm wie das Parkhotel, aber das solltest du auch kennenlernen", sagte er.

„Was meinst du, wollen wir erst ein Stück spazieren gehen und dann etwas trinken?"

„Okay", meinte sie, „ist mir recht, wenn wir erst laufen."

Sie gingen nun an dem Restaurant mit Sommergarten vorbei, überquerten eine kleine Brücke und wanderten an dem Wasserlauf entlang auf einem schönen schattigen Weg.

„Das ist das derselbe Wasserlauf wie auf der anderen Seite des Parks", sagte er. „Man kann sich auch ein Boot leihen und dann durch den ganzen Park rudern, wenn du dazu Lust hast. Das können wir bei unserem nächsten Treffen machen, aber nur wenn es nicht regnet", fügte er lächelnd hinzu.

Sie war sofort Feuer und Flamme. „O ja, dass muss wirklich schön sein. Ich bin so froh, dich getroffen zu haben, ohne dich würde ich so etwas nicht sehen und erleben, danke."

Auf dem längeren Spaziergang, wobei sie auch wieder am Tiergehege vorbeikamen, standen sie nun vor der Bank, wo sie sich damals kennengelernt hatten, und beide meinten, sich hier einen Augenblick ausruhen zu wollen.

Sie setzten sich auf die Bank.

„Diesen Platz werde ich nie vergessen", sagte sie und strich ihm über seine Hand.

Er fragte sie, ob er sich eine Zigarre anzünden dürfte.

„Wenn dir danach ist, mache es ruhig, eigentlich bin ich gegen das Rauchen, aber ich denke, dass du alt genug bist, die Risiken zu kennen."

Er kramte in seiner Tasche und zog eine Schachtel mit seinen Lieblingszigarren hervor und zündete sich eine Zigarre an. Sie schnupperte den Rauch und meinte: „Na ja, riecht ja nicht schlecht, aber ich werde niemals rauchen."

Nachdem er mit dem Rauchen fertig war, zog er eine kleine Sprühflasche hervor und sprühte in seinen Mund. „Oh", meinte sie, „sehr rücksichtsvoll."

Dann standen sie auf und gingen den Weg zurück in die Richtung ihres Autos.

Als sie wieder an dem Café am Parkplatz angelangt waren, beschlossen sie, hier noch Kaffee zu trinken.

Dann war die Zeit war gekommen, zu der sie sich üblicherweise immer von ihm verabschiedete, um zu ihrer Großmutter zu fahren.

Aber heute war ja Mittwoch, und sie ging doch sonst nur freitags zu ihrer Oma.

Nach dem Kaffeetrinken standen sie auf und gingen zu ihrem Auto. Sie fragte: „Wir sind ja ziemlich weitvon deinem Zuhause entfernt. Soll ich dich dort absetzen?"

„Nein", sagte er, „ich werde langsam zu Fuß heimgehen." Dann, sie standen noch am Auto, als sie sich verabschiedeten, trat sie auf ihn zu und umarmte ihn wieder wie beim letzten Mal und sagte: „Du glaubst gar nicht, was es mir gibt, mit dir zusammen zu sein. Ich fühle irgendwie immer ein Zuhausegefühl und kann es mir gar nicht erklären, wie das kommt. Aber ich kann es kaum abwarten, dich wiederzusehen." Dann stieg sie in ihren Wagen. „Bis nächsten Freitag um dieselbe Zeit", und brauste davon.

Er stand eine Weile auf demselben Fleck und sinnierte vor sich hin. Was war das, was da zwischen ihnen war?"

Das hatte überhaupt nichts mit Erotik oder ähnlichen Gefühlen zu tun.

Auch er fühlte so, wie sie gerade noch formuliert hatte. Schade, dachte er, wenn doch seine Tochter oder seine Enkelkinder, die ja beinahe in ihrem Alter waren, so wären wie dieses schöne junge Wesen.

Er schlug einen Weg ein, der ihn auf Umwegen nach Hause führen sollte.

Wieder an der Bank am Tiergehege angekommen, setze er sich und rauchte noch eine Zigarre.

Wenn er noch jung wäre, hätte er sich sicherlich sofort in diese schöne junge Frau verliebt.

So aber fühlte er so etwas wie väterliche oder großväterliche Gefühle und freute sich schon wie ein kleiner Junge auf das nächste Treffen.

Er hatte das Gefühl, dass die regelmäßigen Treffen ihn belebten.

Auf dem weiteren Weg durch den Park kam er bei den beiden Brücken an. Dort befand sich der Ruderbootverleih. Er bestellte, mit dem Wettervorbehalt, ein Ruderboot für das nächste Treffen, dass wieder am kommenden Freitag stattfinden sollte. Nach dem erfolgreichen Auftrag schlug er den Weg zu seinem Zuhause ein.

Als er dann endlich zu Hause angekommen war, war er doch erschöpft.

Natürlich ging er jeden Tag im Bürgerpark spazieren. Nicht nur aus Langeweile, nein, er wollte auch in Bewegung bleiben.

Doch dieses Mal war der zurückgelegte Weg schon deutlich über seinem sonstigen Quantum.

Er bereitete sein Abendbrot vor, kochte eine Tasse Kaffee und machte es sich in seinem Fernsehsessel gemütlich. Jetzt erst merkte er, dass er sich ein wenig übernommen hatte. Er beschloss, in Zukunft etwas vorsichtiger zu sein und sich seine Kräfte mehr einzuteilen. Meist schaute er, während er auf seinem Brot herumkaute, in den Fernseher, wenn es irgendwelche interessanten Sendungen gab. Aber heute gab es, wie immer, nur wieder irgendeinen Krimi.

Außer Krimis, Rosamunde Pilcher oder Bergdoktor gab es selten etwas Neues, sodass er sich fragte, wofür die vielen Millionen Euro Fernsehgebühren verwendet wurden.

Er regte sich wieder auf, wenn aus irgendeiner Serie ältere Teile immer wiederholt wurden.

Die Serie „Betty" die Sendung mit der Krankenschwester, wurde auch langsam langweilig.

Er suchte noch nach etwas anderem in den Mediatheken und fand einen Western, den er noch nicht gesehen hatte.

Es war schon beinahe halb elf, als das Telefon klingelte.

Ortrun meldete sich und sagte, dass sie den ganzen Abend bei ihrer Großmutter zugebracht hätte und auch mit ihr über ihn gesprochen hätte.

Ihre Großmutter hätte auch sein Buch gelesen und wäre von seinen Schilderungen sehr angetan. „Der hat aber keine schöne Jugend gehabt und musste ganz schön was durchmachen", meinte sie. „Frage ihn doch mal, was er nach seiner Seefahrtszeit so gemacht hat. Ist der weiter zur See gefahren?"

Dann hätte sie gesagt: „Frag ihn doch noch mal nach seinem Cousin, der nach Amerika ausgewandert war, und ob der noch lebt."

Irgendwie wäre sie, die sonst ziemlich still war, etwas aufgeregt und hätte darum gebeten, auch die anderen Bücher zu bekommen. Sie wäre neugierig wie es mit ihm weitergegangen war.

Als er dann spät ins Bett ging, dachte er noch über diese junge Frau nach und wunderte sich über die Neugierde der Großmutter, was den Cousin anbelangte.

In seinem Buch hatte er doch seinen Cousin nur beiläufig erwähnt. Kannte sie seinen Cousin von früher? Der war in seinen jungen Jahren ein ganz toller Frauenheld, und es war ja auch möglich, dass die sich begegnet waren.

Sie wünschten sich noch eine gute Nacht und sagten beide, dass man sich schon auf das neue Treffen freuen würde.

Er verriet aber nicht, was er für das nächste Treffen vorbereitet hatte.

Irgendwie freute er sich auch auf die Bootstour, obwohl er das schon öfters gemacht hatte, wenn seine Enkelkinder aus Bayern ihn und seine bereits verstorbene Frau in Bremen besucht hatten.

Die waren auch immer hellauf begeistert. Aber leider hatte sein einziges Kind, seine Tochter, den Kontakt zu ihm abgebrochen. Der anfängliche Schmerz darüber war einem tiefen Bedauern und der Frage gewichen, was der wirkliche Grund dafür war?

Seine verstorbene Frau hatte diese Frage mit ins Grab genommen und ihm würde es ebenso ergehen.

Die mehrfachen Beschimpfungen gegen ihn waren aus Jähzorn geboren, so unglaublich und tief verletzend, dass er keinen Grund sah, einen neuen Anfang zu machen.

Er wollte sich die Wiederholung solcher Tiefschläge in seinem Alter doch ersparen. Vermutlich steckte sein Schwiegersohn dahinter.

Seine Frau und er hatten den Fehler gemacht, wenn die Tochter sich wieder einmal am Telefon über ihn beklagte, zu oft gesagt zu haben, was sie von diesem Mann hielten.

Und seine Tochter hatte den Fehler gemacht, ihrem Mann von den Aussagen ihrer Eltern zu berichten.

Gegen diese Verbindung sprach aus seiner Sicht so viel, dass er nicht anders konnte, sie vor einer Bindung an diesen Mann immer wieder zu warnen.

Der Alte wollte hier keine Details erwähnen, sonst würde er in Rage geraten und Dinge erwähnen, die er mit seinem Gewissen nicht vereinbaren konnte.

Aber seiner Meinung nach hatte der Ehemann seiner Tochter so viele Dinge getan, die er sich niemals ausmalen konnte.

Er fragte sich noch heute, was seine Tochter an diesem Mann so toll fand?

Aber er war zu der Überzeugung gelangt, dass er vermutlich die Spezies Frau zwar immer noch verehrte, aber immer weniger verstand. Er dachte: „Das muss ich auch nicht mehr."

Das Wochenende und der Wochenanfang verliefen wie bei einem alten Rentner üblich, und er freute sich auf den kommenden Freitag.

Doch dann läutete am Montagmorgen das Telefon, und er fragte sich, wer denn da wohl an ihn dachte oder wer in seinem Bekanntenkreis Probleme hatte.

Nein, keine Probleme, jedenfalls keine, die ihn betrafen. Es war sein Freund Peter, den er und seine verstorbene Frau schon seit sechzig Jahren kannten.

Früher als er noch mit seiner Frau in Thedinghausen direkt am Wald wohnte und man sich regelmäßig traf, war der Kontakt noch lebhafter.

Sie hatten andere Interessen gefunden – und ihre Kinder und Enkelkinder waren naturgemäß von größerem Interesse.

Im Gegensatz zu ihm, der in regem Kontakt zu seinen Kindern und Enkelkindern stand, hatte er zwar auch eine Tochter und zwei Enkelkinder, die sich, wie schon erwähnt, von ihm losgesagt hatten, er hörte jedenfalls nichts mehr von ihnen.

Okay, er war nicht immer ein Engel, aber seine verstorbene Frau und er sahen keinen triftigen Grund seiner Tochter, so mit den Eltern umzugehen.

Zumal sie wohlwollend ein kleines Vermögen in die junge Ehe der beiden investiert hatten, wofür man niemals ein Dankeschön erhalten hatte.

Nun aber, nachdem er seine Frau noch beinahe zehn Jahre gepflegt hatte, musste sie doch qualvoll sterben.

Ihr großes Anwesen mussten sie aus finanziellen Gründen verkaufen, er hörte nur noch selten von seinen sogenannten Freunden.

Stimmte es, dass gute Freunde nur bezahlte Feinde waren?

Dieser Peter, der eigentlich immer, jedenfalls so hatte es den Anschein, zu ihm hielt, rief an und fragte: „Kann das angehen, dass du eine sehr junge neue Freundin hast?"

Er sagte, dass er sie an der Parkallee gesehen hätte, wie sie sich innig umarmt hatten. Die wäre doch höchstens so alt wie seine Enkelkinder: Was will die denn von dir, dein Geld?"

Zuerst war er ziemlich perplex, antwortete dann aber, dass ihn das erstens überhaupt nichts angehe, aber zweitens sie auf eigenen Füßen stehen würde und auf sein bisschen Geld nicht angewiesen wäre. „Du weißt doch auch, dass mein kleines Vermögen von Andrea, ihren Kindern und der Krankheit meiner Frau aufgezehrt wurde und nicht mehr viel davon übrig geblieben ist. Und du müsstest ja wissen, dass in meinem Alter Sex, im Gegensatz zu dir, keine Rolle mehr spielt. Es ist nur eine Zufallsbekanntschaft, die von uns beiden als angenehm empfunden wird. Die von dir beobachtete Szene war nur ein Dankeschön von ihr. Ich habe sie zufällig getroffen, sie geht auch gern im Bürgerpark spazieren und hatte sich verlaufen. Ich habe ihr dann den Weg zurück zu ihrem Auto gezeigt. Kannst du so etwas nachvollziehen? Jedenfalls ist diese Beziehung völlig sauber, ohne jeden von dir vermuteten Hintergrund. Ich bin doch nicht so verkalkt, dass ich mir noch ein Verhältnis mit einer so jungen Frau anlache."

Mit dieser Antwort war mein Freund Peter wohl zufrieden, und wir legten auf.

Der Freitag kam, und der alte Mann war pünktlich am vereinbarten Treffpunkt, musste aber noch einige Minuten warten, aber dann brauste ihr Wagen heran.

„Puh", sagte sie beim Aussteigen, „überall Baustellen und Staus, aber du bist ja pünktlich, ich hatte schon Angst, dass du nicht mehr da bist."

„Verabredet ist verabredet, und ein paar Minuten Verspätung sind noch kein Weltuntergang", sagte er mit einem Lächeln.

Dann wurde ihm klar, wann er zum letzten Mal gelächelt hatte. Sah das in seinem alten Gesicht blöd aus?

Sie war so jung und schön und strahlte Frische aus. „Der Mann, der sie bekommen sollte, war ja zu beneiden", dachte er noch.

Aber dann begrüßten sie sich und machten sich auf den Weg zu dem Ziel, das eine Überraschung sein sollte.

„Wo soll es heute hingehen?", fragte sie nun.

„Lass dich überraschen, ich habe mir etwa Schönes ausgedacht und bin gespannt, wie du es aufnimmst."

Er merkte, dass sie sich einerseits freute, aber vor Neugierde beinahe platzte.

Jetzt betraten sie den Bürgerpark, gingen in Richtung Parkhotel, daran vorbei und folgten einem Weg, an einem Springbrunnen auf einem schön angelegten Platz vorbei und gingen dann in Richtung der schon beschriebenen zwei kleinen Brücken.

Dort angekommen, wartete schon ein Ruderboot, das er ja bestellt hatte, nannte dem Vermieter seinen Namen und forderte sie auf in das am Steg liegende Boot zu steigen.

„Oh, wollen wir eine Bootstour machen, wie schön, das ist ja wirklich eine Überraschung, und ich freue mich sehr.

Als wir vor einigen Tagen darüber gesprochen hatten, kam in mir der Wunsch auf, so eine Bootstour zu unternehmen, nun geht mein Wunsch in Erfüllung, kannst du meine Gedanken lesen?"

Sie nahm nun im Heck des Bootes, auf der hintersten Sitzbank, Platz und schaute ihn erwartungsvoll an.

Er betrat ebenfalls das Boot und setzte sich auf die mittlere Sitzbank, mit dem Rücken zur Fahrtrichtung, wo auf beiden Seiten des Bootes die Ruder gelagert und befestigt waren.

Durch diese vorgegebene Sitzordnung ergab sich für ihn ein ständiger Blick auf diese junge schöne Frau.

Der Vermieter löste die Leine am Steg, mit der das Boot befestigt war, und der Alte nahm die Ruder auf –und los ging es.

Langsam rudernd fuhren sie unter einer der beiden kleinen Brücken hindurch, auf den sogenannten Emmasee, kamen dann an dem beschriebenen Café vorbei, in dem er schon mehrmals Kaffee getrunken hatte.

Jetzt erklärte er ihr die einzelnen Örtlichkeiten, und sie fragte, ob sie nach der Bootstour dort Kaffee trinken wollten.

„Na ja", sagte er, „wollen mal sehen, wann wir wieder zurück sind, und ob du dann noch Zeit hast. Du willst doch sicherlich auch heute noch zu deiner Großmutter fahren?"

„Nein", sagte sie, „ich habe mit meiner Omi vereinbart, dass ich morgen zu ihr komme, ich wollte möglichst viel Zeit mit dir verbringen."

„Hoppla", dachte er, „was hat das denn nun zu bedeuten?" Sollte sein Freund Peter doch mehr in dieser Beziehung gesehen haben?

Er könnte doch ohne Problem ihr Opa sein, und viel zu holen, gab es bei ihm auch nicht.

War sie so einsam, dass sie sich an ihre Treffen klammerte? Die ist doch so jung und hübsch, dass sie jeden jungen Mann um den Finger wickeln konnte.

Und finanzielle Gründe gab es auch nicht, denn als examinierte Krankenschwester verdiente sie doch genug, um anständig leben zu können.

Er wollte mit ihr einen schönen Tag verbringen, verdrängte diese fruchtlosen Überlegungen und beschloss, den Tag zu genießen.

Er ruderte, dem Wasserlauf durch den Bürgerpark folgend, langsam dahin. Die Wasserfläche hatte keine Strömung, sodass es leicht war, das Boot in Fahrt zu halten. Meist war der Wasserlauf von den Ästen großer Bäume überspannt und beschattet.

Sie erreichten dann wieder eine kleine Brücke, über die der Weg führte, der am Tiergehege entlangging.

Sie erkannte nun, wo sie sich befanden.

Wie sie so da auf der hinteren Bank des Bootes saß, eine Hand ins Wasser haltend und über das ganze Gesicht strahlend, konnte er den Blick nicht von ihr wenden und hätte beinahe das Boot gegen das Ufer gerudert. Dieser Anblick hätte eigentlich fotografiert oder, noch besser, von einem renommierten Maler gezeichnet werden müssen.

Im Laufe der Bootstour bemerkte er aus den Augenwinkeln, dass sie ihn das ein oder andere Mal aufmerksam musterte.

Dann erreichten sie in einer Kurve des Gewässers erneut eine Brücke, über die der Weg zum Waldschlösschen führte. Wieder erkannte sie die Örtlichkeit, wo sie vor Tagen bereits entlang-spaziert waren sofort und fragte, ob man hier aussteigen könnte.

Er verneinte und sagte, dass es einen anderen Platz gäbe, an dem man festmachen und aussteigen könnte. Eigentlich wäre das Anhalten und Aussteigen nicht erlaubt, aber dort könnten sie es wagen.

Sie folgten dem Wasserlauf weiter und fuhren auch manch-mal unter den weit über das Wasser ragenden Zweigen uralter Bäume hindurch, und sie versuchte, die Zweige zu erreichen, was ihr aber nur selten gelang.

„Rolf, wie ist das bloß schön hier auf dem Wasser, die Fahrt dürfte niemals zu Ende gehen. Aber ich bin ganz schön egois-tisch, ich genieße diese Fahrt so sehr und lasse dich die ganze Zeit rudern. Soll ich es auch mal versuchen?"

„Nein, nein, ist schon in Ordnung, ist gar nicht so schwer", antwortete er ihr.

Er saß ja mit dem Rücken zur Fahrtrichtung und hatte sie die ganze Zeit im Blick und genoss das sehr.

Als ob man ein gut gelungenes Bild betrachtete und sich nicht ein Detail entgehen lassen wollte und sich voll in das Bild vertiefte.

Das war aus seiner Sicht immer so. Hatte man die Muße, sich auf das Bild zu konzentrieren, fand man immer mehr Details und konnte leicht das Drumherum vergessen.

Das wollte er auf keinen Fall ändern, zu schön war der Anblick dieses sich so freuenden Mädchens, nein, dieser jungen Frau.

„Warum bloß", dachte er, „konnte diese junge Frau nicht sein Enkelkind sein, dem er alles Schöne dieser Welt zeigen wollte?"

Seine Enkelkinder lebten, wie seine Tochter, über siebenhun-dert Kilometer weit entfernt im Süden des Landes, und keiner von ihnen kam ihn einmal besuchen.

Vor vielen, vielen Jahren, die Enkelkinder waren noch im Vorschulalter, hatten sie ihn und seine Frau manchmal besucht, und sie hatten auch diese Bootstour gemacht. Wie hatten die sich damals gefreut und konnten gar nicht genug vom Bootfahren bekommen.

Ein Stich ging dem alten Mann durchs Herz.

Dann riss er sich zusammen und nahm sich vor, all diese Liebe, die er von dort nicht mehr bekam, auf diese Frau zu übertragen.

Nach einigen Biegungen des Gewässers fuhren sie wieder unter einer Brücke hindurch auf einen größeren See, an dessen gegenüberliegendem Ufer ein stadtbekanntes Restaurant lag.

Der Name dieses Restaurants war die „Meierei".

„Oh, wie schön", jubelte Ortrun nun und fragte: „Können wir hier denn anlegen?"

Er deutete auf einen Steg am hinteren Ufer des Sees, wo sich die Meierei befand und sagte: „Ja, da vorne können wir anlegen, aber leider nicht an Land, denn ich hafte ja für dieses Boot, und wenn wir es nicht im Auge behalten, könnten irgendwelche Rüpel es einfach entwenden und damit losschippern."

Er ruderte auf den Anleger zu, band das Boot fest, und sie betraten den Anleger.

Dort setzten sie sich auf die Kante und ließen die Beine ins Wasser baumeln.

Sofort kamen einige Enten angeschwommen und beäugten die beiden Menschen neugierig. Sie erwarteten wohl einige leckere Brocken.

Im Wasser vor ihnen konnten sie Fische beobachten, die wohl die Reste einer Entenfütterung genießen wollten und sie neugierig beobachteten, indem sie auf der Seite schwammen.

Sie lehnten sich zurück und genossen die Sonne.

Ortrun nahm seinen Arm und legte sich hinein. „O Rolf, wie schön ist es hier, und ich bin dir so dankbar für diesen schönen Tag, der sollte nie vergehen."

„O Gott, ich habe ganz vergessen, dass meine Omi etwas von dir wissen wollte. Sie trug mir auf, dich zu fragen, ob du noch Kontakt zu deinem Cousin Horst in Amerika hast."

„Nein", sagte er wahrheitsgemäß, „der ist schon vor zehn Jahren dort drüben verstorben. Aber warum will deine Omi denn etwas über ihn wissen, die kennt ihn doch gar nicht, oder?"

„Das kann ich dir auch nicht sagen, aber wenn du willst, kann ich sie ja einmal fragen. Ich sage dir dann Bescheid. Hattest du denn noch Kontakt zu deinem Cousin", fragte sie.

„Ja", sagte er, „meine Familie und ich haben ihn sehr oft in Kalifornien besucht und dort unseren Urlaub verbracht. Wir haben von dort aus den gesamten Westen der USA bereist und sind in den Bundesstaaten Kalifornien, Nevada, Oregon, Arizona und Utah herumgefahren. Jedes zweites Jahr waren wir dort und selbstverständlich haben wir auch jedes Mal Las Vegas besucht.

Ich habe es immer genossen, die beinahe fünfhundert Meilen durch die Wüste von Nevada zu fahren", fügte er hinzu.

„Es heißt ja in einem Schlager: ‚It never rains in California', dass es in Kalifornien niemals regnet, und Nevada liegt ja als Nachbarstaat daneben."

„Aber das sind Märchen, die sich der Liedermacher einfallen ließ, weil es in der Wüste sehr heiß und trocken ist."

„Ich habe selber erlebt, dass es im Grenzgebiet zwischen den beiden Staaten mitten in der Wüste einen derartig starken Regen gab, dass die Scheibenwischer des Autos nicht dagegen ankamen, und ich anhalten musste.

Als wir dann auf demselben Weg von Las Vegas wieder nach Los Angeles zurückkamen, blühte die Wüste in allen wunderschönen Farben.

Das ist ein Anblick, den man gar nicht beschreiben kann, so schön ist dann die grausame Trockensteppe, denn da ist gar keine Wüste, sondern nur eine Trockensteppe.

Natürlich ist die Vegetation dort sehr spärlich, besteht nur aus Kakteen, Tumbleweed und Salbei. Diese Pflanzen sind typisch für den amerikanischen Westen.

Mein Cousin und ich sind beinahe wie Brüder aufgewachsen. Mit seiner Frau, sie war eine Halbindianerin, hatten wir uns angefreundet, und so war es immer schön dort drüben. Eine Zeitlang planten wir, dorthin auszuwandern. Ich hatte ein Angebot, dort einen Betrieb auf Leibrente zu übernehmen, dann kam noch ein Angebot, ein Motel zu einem Spottpreis zu kaufen.

Aber das hat sich dann zerschlagen, weil meine verstorbene Frau, ihre alten Eltern, die in unserem Haus lebten, nicht allein lassen wollte."

„Das ist ja alles interessant, das werde ich meiner Omi berichten, mal sehen, was sie dazu sagt."

„So, nun müssen wir aber weiterfahren, sonst kommen wir nicht rechtzeitig wieder beim Bootsverleih an", mahnte er zum Aufbruch.

„Schade, ist so schön hier, können wir hierher mal zurückkommen, um wieder in der Sonne zu liegen und in dem schönen Restaurant Kaffee trinken und Kuchen zu essen", fragte Ortrun.

„Ja, natürlich können wir jederzeit, auch mit dem Auto, hierherkommen und hier herumlaufen."

„Ich kann dir dann von meinen Jugendstreichen hier im Bürgerpark berichten", scherzte er, band das Boot los und ruderte auf den See hinaus.

Nach einer weiteren halben Stunde erreichten sie den Ausgangspunkt der Bootstour und gaben das Boot zurück.

Sie sagte, dass sie noch nie mit einem Boot gefahren wäre und dass es ihr ausgesprochen gut gefallen hätte.

„Wir können das noch öfters machen", meinte sie.

„Schade", sagte er, „ich bin nicht nur zur See gefahren, ich habe auch ein eigenes schönes Schiff besessen, einen holländischen Motorkutter mit zwei Masten, mit dem meine Familie und ich schöne Ausflüge unternommen haben."

Er fügte dann hinzu: „Schade, dass ich dich nun erst kennengelernt habe, du hättest auch Spaß am Leben auf einem Schiff gehabt." Aber er ergänzte dann: „Als ich das Schiff hatte, warst du ja noch ein kleines Kind, ich vergesse manchmal, wie alt ich bin."

Da sie heute nicht zu ihrer Großmutter wollte, also Zeit hatte, lud er sie zu einem Abendessen in dem Restaurant am Emmasee ein, das sich ja ganz in der Nähe befand.

Es war aber noch etwas zu früh für ein Abendessen, und so fragte er sie, ob sie Lust hätte, auf dem in der Nähe liegenden Minigolf-Platz eine Runde zu spielen.

Sie willigte ein, und so kam es, dass sie nach dieser schönen Bootstour noch eine Runde Minigolf spielten. Sie war wirklich gut, sodass er verlor.

Anschließend spazierten die beiden um den Emmasee in Richtung des Restaurants, und er zeigte ihr den Esskastanienbaum, die Himbeerinsel und erzählte von der Bonbon-Orgie.

Sie wollte sich ausschütten vor Lachen, als sie davon erfuhr. Sie konnte ja die damalige Zeit mit ihren Nöten nicht nachvollziehen.

Überhaupt hatte er durch Gespräche mit jungen Menschen zur Kenntnis nehmen müssen, dass alle Erlebnisse seiner Kindheit und Jugend, die mit den Kriegswirren und der schwierigen Nachkriegszeit zu tun hatten, wenig Interesse fanden.

Die meisten jungen Menschen waren an dem Jetzt mit den manchmal sehr schwierigen Bedingungen, aber auch an ausreichend Fun interessiert.

Nach der Minigolf-Tour und dem Spaziergang war es dann an der Zeit, das Restaurant am Emmasee aufzusuchen.

Sie bekamen einen schönen Platz auf der Sonnenterrasse. Nach dem sehr warmen Tag waren die Temperaturen jetzt angenehm mild.

Sie bestellte sich einen Orangensaft und er ein Alster, dann stöberten beide in der Speisekarte und suchten das am leckersten erscheinende Menü aus.

Bald saßen die beiden vor einem köstlichen Essen und ließen es sich gut gehen.

Es war ein wunderschöner Abend, und ihr schien es besonders gut zu gefallen.

Irgendwann brachen sie dann auf, und er brachte sie zu ihrem Auto. Dort angekommen, umarmte sie ihn und sagte: „Ich habe noch nie einen so schönen Tag erlebt,und es war mir den ganzen Tag nicht eine Sekunde langweilig. Ich habe so viel Neues erlebt und gesehen, und du hast mir so viel Schönes gezeigt, ich bin dir sodankbar. Wenn ich das meiner Omi alles erzähle, wird die sicherlich ziemlich neugierig auf dich sein. Würdest du mich einmal zu ihr begleiten?"

„Ui", dachte ich, „soll ich ein Familienmitglied werden?" Zu diesem Zeitpunkt konnte ich nicht ahnen, dass dieser Gedanke gar nicht so weit von der Wirklichkeit entfernt war.

Was spielte sich da in ihrem schönen Köpfchen ab, hatte sie ganz vergessen, dass er über fünfzig Jahre älter war?

Eine Sekunde lang fühlte er noch ihre Arme um seinen Hals, ein zarter Duft drang in seine Nase, den er meinte, schon einmal wahrgenommen zu haben, und der Mann in ihm regte sich.

Dann aber rief er sich zur Ordnung und Vernunft und schalt sich selber einen einfältigen alten Narren.

Es konnte und sollte nur eine väterliche Freundschaft sein, und es machte ihm Spaß, sie ein wenig zu verwöhnen und ihr die schönen Dinge des Lebens nänäherzubringen.

Auf ihre Frage, den Besuch bei ihrer Oma betreffend, ging er absichtlich nicht ein.

Was sollte er in ihrem Beisein mit einer Frau seines Alters sprechen?

Überhaupt hatte er kein Interesse, mit alten Menschen zu sprechen. Alt war er selber, dachte er, und körperliche Probleme hatte er auch genug, da brauchte er die Gebrechen anderer alter Menschen nicht noch mitansehen.

Die waren meistens entweder bitter geworden, lebten voll in der Vergangenheit, etwa so wie er, oder waren aufgrund ihrer beruflichen Vergangenheit arrogant und überheblich. Meist waren es Lehrer oder Beamte. Oft fühlten sich diese wichtig und unentbehrlich und schätzten andere Leute weniger intelligent ein.

Ja, oft erlebte man Überheblichkeit und sogar Arroganz. Das fand man immer wieder, und er wollte keine weiteren solchen Erfahrungen machen.

Er hatte selber fünfzig Jahre gearbeitet, hatte viel erlebt und war auch einige Jahrzehnte in Führungspositionen tätig gewesen, war niemals arrogant gewesen. Höchstens ein wenig selbstbewusst und, ja, auch ein wenig stolz auf das Geleistete, da die Grundvoraussetzungen seiner Jugend und der frühen Erwachsenenjahre mehr als schlecht waren.

Aber da hatte er sich in ihr geirrt, sie bohrte nach und fragte noch einmal: „Hast du nicht Lust, mich beim nächsten Besuch bei meiner Omi zu begleiten? Bitte, bitte, tue uns doch den Gefallen, sie würde sich sehr freuen. Sie ist wirklich neugierig auf dich geworden und würde dich gern kennenlernen. „Und da ist noch etwas, was ich dir eigentlich gar nicht sagen soll. Als sie dein Buch gelesen hat und die Bilder darin sah, hatte sie das Gefühl, dass sie dich möglicherweise aus ihren jungen Jahren kennt.“

Er erwiderte: „Sie kommt doch aus Kirchweyhe, und da bin ich niemals in meinem Leben gewesen. Wie soll sie mich da wohl kennengelernt haben?“

„Aber irgendwie hat das auch mit deinem Cousin zu tun, und ihr habt doch beide in Bremen gelebt.“

„Kann ich nichts dazu sagen“, meinte er. Für ihn war das Thema nun abgeschlossen.

Sie verabschiedeten sich und versicherten, dass sie sich auf das nächste Treffen freuten.

„Wieder Freitag um 14:00 Uhr am Bürgerpark, wie gewohnt?“, fragte sie. „Ich freue mich schon.“

„Ja, natürlich, ich freue mich genauso“, antwortete er.

Der alte Mann bummelte langsam nach Hause.

In seinem Kopf schwirrten wilde Gedanken herum, und er versuchte, sich an die eine oder andere Party bei seinem Cousin und die Bekanntschaften mit jungen Mädchen, die er dort gemacht hatte, zu erinnern.

Aber jedes Mal, wenn er meinte, einen Faden der Erinnerung zu erhaschen, verschwamm das Erlebnis.

Es war einfach viel zu lang her.

Zu Hause angekommen, setzte er sich mit seiner Zigarre auf den Balkon und dachte über das letzte Gespräch nach.

Ja, bei seinem Cousin war öfters Party angesagt, weil er in seinem Zuhause die entsprechend geeigneten Räumlichkeiten hatte. Der wohnte in einer Souterainwohnung eines Geschäftshauses, in dem sein Vater und seine Mutter tätig waren.

Die Räumlichkeiten waren so groß, dass genügend Fläche vorhanden war, um ausgelassen zu tanzen. Zudem gab es einige Zimmer, in denen man sich zurückziehen konnte.

Die dazugehörigen Mädchen lud man in der angesagten Kellerkneipe mit Namen „Domkeller" ein.

In dieser Kneipe war das Bier billig, und der Wirt legte die neuesten Hits aus der Schlagerszene auf.

Da konnte man, so sagte man damals, richtig abhotten. Sogar Hans Last, später als James Last bekannt, war dort öfters zu Besuch.

Als er so dasaß und über diese Zeit nachdachte, er war damals so manches Mal dabei, konnte er sich eines Grinsens nicht erwehren.

Jetzt da er sich ein wenig erholt hatte, sortierten sich seine Gedanken. Sollte Ortruns Omi, das Alter könnte stimmen, auch dabei gewesen sein?

Er hatte dort damals ein Mädchen kennengelernt, und seine Erinnerungen waren schön.

Er beschloss, die Sache auf sich beruhen zu lassen. Was sollte das auch? War doch schon mehr als ein Menschenleben her.

Nach einem Abendessen war ihm nicht zumute, denn sie hatten ja im Emma-Café ausgiebig gegessen. Er setzte sich vor den Fernseher und schimpfte vor sich hin, denn es gab wieder nur einen Krimi und auf dem anderen öffentlichrechtlichen Programm eine langweilige Wiederholung.

Eigentlich müsste man einmal den Rundfunkrat kontaktieren und die ständigen Wiederholungen und die doch nur für das Privatfernsehen üblichen Werbesendungen monieren. Wozu bekamen die hunderte Millionen Euro an Beiträgen? Aber er war sich sicher, dass er noch nicht einmal eine Antwort bekam. Die Leute dort waren viel zu abgehoben, um einen alten Mann und dessen Meinung zur Kenntnis zu nehmen.

Er nahm sich vor, Ortrun anzurufen und sie zu fragen, ob sie mit ihm einen Ausflug an die Nordsee machen wollte.

Man könnte in Cuxhaven-Duhnen ausgedehnte Wattwanderungen unternehmen oder alternativ auch von Cuxhaven mit dem CAT nach Helgoland düsen.

In beiden Fällen würde er sie mit seinem PKW fahren und sie den ganzen Tag verköstigen.

Am nächsten Morgen, er war zeitig aufgestanden, hatte er sich frisch gemacht und war dabei, sich ein Frühstück zu bereiten, griff er doch erst einmal zum Telefon, um sie zu so einem Ausflug einzuladen.

Er konnte ja auch nicht sicher sein, dass sie dazu bereit war, denn dann müsste sie sich ja einen ganzen Tag freinehmen. Auch fragte er sich, ob sie ihm soweit vertraute. Als Krankenschwester hatte sie ja bestimmt einen Dienstplan, der einzuhalten war.

Er rief auf der bekannten Handynummer an, und sie war auch sofort am Telefon. „Guten Morgen, schöne Frau, wie haben Sie geschlafen?"

„Guten Morgen, Rolf, ich bin schon seit fünf Uhr im Dienst und habe so gegen vier Uhr nachmittags Feierabend. Ich habe gut geschlafen und es geht mir gut", ergänzte sie und fragte: „Warum rufst du mich so früh im Dienst an, gibt es etwas Besonderes?"

„Ja", sagte er, „ich wollte dich fragen, ob du dir vielleicht einen Tag freinehmen kannst, damit wir an einem Wochentag, an dem es nicht so voll ist, einen Ausflug nach Cuxhaven-Duhnen machen könnten, um dort durchs Watt zu laufen und leckeren Fisch zu essen. Alternativ, das kannst du dir aussuchen, könnten wir mit dem Jetboot von Cuxhaven nach Helgoland fahren und uns dort einen schönen Tag machen."

Sie war sofort begeistert und sagte, dass sie ihren Chef fragen müsste, ob das möglich wäre. Sie würde ihn in einer Stunde zurückrufen.

Er saß auf dem Balkon und rauchte, weil er aufgeregt und hoffnungsfroh war, mit ihr einen schönen Tag an der See zu verbringen.

Sicher genoss er auch die Spaziergänge mit ihr, das Bootfahren, Minigolf zu spielen, an schönen Orten Kaffee und Kuchen zu genießen.

Es machte einfach viel mehr Spaß, mit ihr zusammen zu sein, statt als alter Mann alleine durch die Welt zu trotten.

Irgendwie, so bildete er sich ein, fühlte er sich, seitdem er sie kennengelernt hatte, viel frischer und nicht so altersgebeugt und ausgelaugt.

Er war noch nicht fertig mit dem Rauchen, da klingelte das Telefon und eine sehr traurige Ortrun war am Apparat: „Der Chef will mir in dieser Woche nicht freigeben.

Es sind zu viele Kollegen im Urlaub, sodass Engpässe entstehen, und da will er mich nicht gehen lassen. Können wir das nicht auf die nächste Woche, zum Beispiel Mittwoch, verschieben? Weißt du was? Wir treffen uns heute, so gegen fünf Uhr, am Treffpunkt und besprechen das dann. Bist du damit einverstanden?"

„Natürlich bin ich damit einverstanden, du weißt doch, dass ich mich genauso freue, dich zu sehen. Ich werde pünktlich sein, bis nachher."

Er hatte nicht mit einem Treffen schon heute gerechnet und so ging er erst einmal ins Bad und rasierte sich, denn normalerweise rasierte er sich nur jeden dritten Tag, und der war erst morgen.

Okay, kann man ja ändern, war ja für einen guten Zweck. Aber dann überlegte er, er könnte sie ja mal überraschen, und so ging er in seine Garage und holte sein Auto hervor. Es sprang nach einigen Versuchen an, und so fuhr er zum vereinbarten Treffpunkt und parkte genau an dem Ort, wo sonst ihr Wagen stand.

Sie war noch nicht da, und so blieb er im Wagen sitzen und wartete.

Bald kam sie dann auch angebraust und parkte direkt hinter ihm, stieg aus und blieb an ihrem Wagen stehen.

Jetzt stieg er aus und ging auf sie zu.

Sie war völlig überrascht und sah erst ihn an, dann den Wagen mit dem er gekommen war. Dann aber strahlte sie ihn an und meinte: „Was ist das denn, du bist mit deinem Auto gekommen?"

„War so eine Laune von mir, und so lernst du auch meinen Wagen kennen, steig ein, wir fahren zu einem Restaurant am Stadtwald, den du auch noch nicht kennst."

Erst zögerte sie, stieg dann aber ein.

Er nahm am Steuer Platz und fuhr dann gemächlich die Parkallee stadtauswärts, bis zu einem Hotelrestaurant, das sich „Munte" nannte.

Hier fuhr er auf den Parkplatz und meinte: „Ich dachte, dass wir erst ein wenig spazieren gehen und dann hier in diesem Restaurant einen kleinen Happen essen."

„Du überraschst mich jedes Mal, wenn wir uns treffen, es ist immer spannend mit dir. Das muss man dir lassen, aber ich freue mich sehr, dass du heute auch Zeit für mich hast."

„Weißt du", sagte er, „wenn man in mein Alter kommt, hat man eigentlich immer Zeit, und schon gar, wenn es um ein so schönes Treffen geht, ich habe mich sehr gefreut, als du mich angerufen hast und dass du heute für mich Zeit hast."

Sie verließen den Parkplatz und überquerten die Straße und betraten den Park.

„Das hier ist der bremische Stadtwald, und dieser Park und der Bürgerpark, den du ja schon kennst, haben eine lange und gar nicht so schöne Geschichte. Ich werde sie dir schon noch erzählen."

Sie gingen nun einige Wege, bis es einen Hügel hinaufging, auf dem ein Haus stand.

„Den nennen die Bremer den ‚Judentempel', aber frage mich nicht, warum der so heißt, du siehst, alles weiß ich auch nicht."

Das Haus war rund mit einem eigentümlichen Dach, und rings um das Haus standen Bänke, die von dem überragenden Dach geschützt waren.

Sie luden zum Verweilen ein.

Die beiden nahmen auf einer dieser Bänke Platz.

„Im Winter kann man hier wunderbar den Hügel hinabrodeln, wenn dann Schnee liegt, was ja nicht mehr jedes Jahr stattfindet.

Dieses Haus liegt so schön auf dem Hügel und ringsherum befinden sich Seen, und man kann hier wunderbar spazieren gehen. Gefällt dir das?"

„Ja", sagte Ortrun, „ich war noch nie hier, mit dir lerne ich immer mehr schöne Orte hier in Bremen kennen."

Sie gingen auf einem schmalen Weg an einem der Seen entlang und erreichten nach geraumer Zeit wieder das Restaurant, an dem er seinen Wagen abgestellt hatte.

Sie betraten das Restaurant und fanden einen freien Tisch mit schönem Ausblick.

Bald kam eine Bedienung und brachte die Speisekarte, und sie bestellten sich schon einmal ein Getränk.

Er nahm ein „Alster" und sie einen Orangensaft.

Dann bestellten sie sich ein leckeres Menü und speisten, als es serviert wurde, in aller Ruhe.

Jetzt fragte sie ihn, was es mit der Geschichte der beiden Bremer Parks auf sich hätte, denn er hätte ja gesagt, dass die Geschichte nicht so schön wäre.

„Bist du wirklich an der Geschichte dieser beiden Parks interessiert? Es ist eine längere Geschichte von Adel, Arroganz und Gnadenlosigkeit."

„Ja, natürlich bin ich daran interessiert, gehört ja wohlzur Geschichte Bremens, oder?"

Er begann nun,die Geschichte des Bremer Bürgerparks zu erzählen. Er betonte aber auch, dass die Geschichte so in Bremen überliefert war, aber sie genauso falsch sein könnte.

Er erzählte von der, wie auch immer zu bewertenden, Geschichte der Gräfin Emma von Lesum, der die Flächen des Bremer Bürgerparks, einschließlich der Bürgerweide, gehörten.

Auf der Bremer Bürgerweide durften die Bremer Bürger jeweils eine Kuh, Schwein oder Schaf, Ziege oder anderes Getier, das im Privatbesitz war, weiden lassen.

Diese Bürger wohnten in dem heutigen Schnoorviertel und mussten dann das Vieh von dort über den damaligen Weg, der heute Sögestraße hieß, über das Bahnhofsviertel dorthin treiben – und am Abend wieder zurück. Sögestraße hieß es, weil auf Plattdeutsch Schweine als Sögen bezeichnet wurden.

Nun kam die Gräfin Emma auf die Idee, sie hatte wohl Langeweile, außerdem musste sie wohl ziemlich hartherzig sein, und ließ den Bürgermeister von Bremen zu sich kommen und unterbreitete ihm einen Vorschlag. Sie sagte laut Überlieferung:

„Ich möchte Ihnen und Ihren Bürgern die Fläche der Bürgerweide und die Wiesen bis in Richtung des heutigen Stadtwaldes schenken. Die Bedingung ist, Sie bekommen so viel Fläche wie einer der ärmsten Krüppel der Stadt an einem Tag an der Fläche entlang, auf allen vieren kriechen kann."

Und so geschah es, und die Gräfin genoss das schreckliche Schauspiel und hatte ihren Spaß.

Einer der am furchtbarsten behinderten Bettelkrüppel wurde zu dem Startpunkt am Anfang der Bürgerweide in Position gebracht, und bei Sonnenaufgang begann er, stadtauswärts an der jetzigen Parkallee entlangzukriechen.

Es war ein heißer Sommertag, und es war nicht nur für die Gräfin, sondern auch für das gemeine Volk eine willkommene Abwechslung vom schnöden Alltag.

Der Tag verging, und der arme Krüppel kroch und kroch, denn er war zu der Überzeugung gelangt, dass er einmal im Leben etwas Besonderes leisten wollte.

Er wollte den Bürgern der Stadt beweisen, dass er nicht nur der verachtete Bettelkrüppel, sondern auch ein wertvolles Glied der Gemeinschaft sein wollte.

Ihm dürstete mehr nach Anerkennung und Achtung als nach Wasser oder Essen, und er brach am Ende des Tages in dieser vorgegebenen Höhe tot zusammen.

Alle hatten ihren Spaß gehabt, und später wurde dem Krüppel zu Füßen des Bremer Rolands ein Denkmal gesetzt, was man noch heute sehen konnte. Soweit die Sage, und man war sich nur sicher, dass die Gräfin Emma wirklich gelebt hatte und sie den Bremer Bürgern die Flächen geschenkt hatte. Zum Dank hat man Straßen, den See im Bürgerpark und viele Denkmäler nach ihr benannt.

„Das ist ja furchtbar, der arme Krüppel", sagte Ortrun nun und war beinahe in Tränen aufgelöst.

„Wie können Menschen bloß so herzlos sein?"

„Ja", erwiderte er, „als Höhepunkt des Zynismus hat man der Gräfin Emma auch noch im Bürgerpark ein Denkmal in Form einer großen Halbkreismauer mit Bank und Gedenkschrift gestiftet."

„Wenn du willst, zeige ich dir dieses Denkmal an einem unserer nächsten Spaziergänge im Bürgerpark, der ja nun den Bürgern der Stadt gehört."

„Übrigens", fügte er hinzu, „die Pflege und die Aufrechterhaltung unseres Bürgerparks wird von Spenden und der Bürgerparktombola und von Überschüssen der Sparkasse in Bremen finanziert."

Sie beendeten ihr gemeinsames Essen, bezahlten beim Ober und gingen zu seinem Wagen.

Sie war noch immer sehr von der traurigen Geschichte des Bürgerparks angetan, es wollte gar keine nette Stimmung aufkommen.

„Entschuldige bitte", sagte sie beim Abschied, „aber das muss ich erst einmal verdauen."

Er erzählte ihr dann noch, dass es in Bremen und seiner Geschichte noch viele lustige aber auch sehr traurige Geschichten und deren Denkmäler gäbe.

Sie verabredeten ein Treffen für den nächsten Freitag, und sie meinte: „Hoffentlich haben wir dann etwas Schöneres vor."

Er versprach es, und sie fuhr davon.

Mein Gott, was war dieses Mädchen, nein, diese junge Frau, sensibel. Die Geschichte mit dem Krüppel war doch uralt. Bestenfalls regte er sich darüber auf, was Kirche und Adel in den vergangenen Jahrhunderten, und teilweise heute noch, für Unheil anrichteten, ohne dafür bestraft zu werden.

Er fuhr nun mit seinem Auto nach Hause und direkt in die Garage, wo sein Auto wohlbehalten stehen konnte.

Sein Wagen wies einige kleine Defekte auf, die von rücksichtslosen Einparkern verursacht worden waren. Das passierte, als er noch im Freien parkte, ohne dass die Verursacher sich gemeldet hatten.

Er meinte, dass das Unrechtsbewusstsein heutzutage ziemlich gelitten hatte, was ja durch Multikulti noch gefördert wurde.

Als er in seine Wohnung kam, setzte er sich auf den Balkon, genoss die warme Luft und überdachte die letzten Stunden mit Ortrun.

Es hatte sich nach dem warmen Tag noch gar nicht so richtig abgekühlt.

So saß er dort, eine starke Tasse Kaffee und eine gute Zigarre durften nicht fehlen und rundeten den schönen Tag mit Ortrun ab.

Er hatte es sich so richtig gemütlich gemacht und über- legte, was er mit dieser jungen Frau noch so unternehmen und was er ihr noch bieten könnte.

Offenbar kannte sie sich in Bremen doch nicht aus und von der Geschichte dieser alten Stadt hatte sie schon gar keine Kenntnis.

Wie er im Laufe seines schon langen Lebens erfahren hatte, lebten die meisten Menschen so oberflächlich dahin, nur an ihrer Arbeit, an Geld und Fun interessiert.

Es gruselte ihn, wenn sich dieser Trend so fortsetzte. Höflichkeit und Mitgefühl waren weitgehend abhandengekommen.

Genauso schien es ihm, war nur ein Bruchteil der Bevölkerung wirklich an überlieferter Kultur interessiert.

Wer von den Mitbürgern im jungen und mittleren Alter wusste,, wie es zur Machtübernahme Hitlers gekommen war und wer ihn finanziell in den Sattel gehoben hatte.

Nur doppelzüngiges Schuldbewusstsein den jüdischen Mitbürgern gegenüber schien über alles wichtig zu sein, obwohl seine Familie und er überhaupt keine Schuld an den armen getöteten Menschen hatten.

Er beschloss, Ortrun noch viel mehr über Bremen zu erzählen und interessante Orte dieser Stadt zu zeigen.

Je länger er sie kannte, ihre Höflichkeit, Offenheit und Fröhlichkeit, gepaart mit der kennengelernten Sensibilität, desto mehr fragte er sich, warum ein so lieberMensch noch Single war.

Sie sah doch bildhübsch aus. Er nahm sich vor, bei passender Gelegenheit einmal vorsichtig auf den Busch zu klopfen.

Es war so gegen 22:00 Uhr, als er je aus seinen Überlegungen und der Gemütlichkeit auf dem Balkon gerissen wurde.

Das Telefon schrillte durch die Nacht.

Er beeilte sich, diese Störung der abendlichen Ruhe so schnell wie möglich zu beenden, indem er den Hörer aufnahm.

Er konnte sich schon denken, wer ihn da anrief, es konnte eigentlich nur Ortrun sein. Denn wer kannte ihn, der ihn so spät anrief?

Richtig, es war Ortrun, die fragte: „Darf ich dich noch so spät stören? Ich musste einfach noch einmal mit dir reden."

„Okay", sagte er, „ich habe noch nicht geschlafen, ich saß noch auf dem Balkon."

„Mir ist klar geworden, dass ich, obwohl ich in Bremen lebe, überhaupt nichts von Bremen weiß", sagte sie, und eine gewisse Ratlosigkeit schwang in ihrer Stimmt mit.

„Es ist mir richtig peinlich, so ungebildet zu sein, was die Geschichte Bremens, meiner Heimatstadt, anbelangt. Sind alle anderen geschichtlichen Dinge so grausam wie die des armen Krüppels und dem Bürgerpark?"

„Liebe Ortrun, sei nicht traurig, dumm bist du ganz bestimmt nicht, aber das Mittelalter war eben so, und es gibt noch viel grausamere Dinge, die der Adel so verzapft hat. Von der Kirche ganz zu schweigen.

Du kannst das alles im Internet nachlesen."

„Aber du kannst mir das alles zeigen und so anschaulich beschreiben", meinte sie nun.

Er erwiderte: „Ich werde dir mehr aus der Geschichte Bremens zeigen und erzählen, wenn es dich interessiert, ich möchte dich auf keinen Fall langweilen und ich würde mich darauf freuen. Es macht mir Spaß, mit dir diese Reise in die Vergangenheit zu unternehmen, ich überlege mir schon etwas für Freitag."

„Ja, bitte zeige mir und erzähle mir mehr von Bremen und seiner Geschichte, ich lebe ja hier und weiß so wenig und würde mich freuen, wenn du mich hierbei an die Hand nimmst", sagte sie. Er hatte den Eindruck, dass sie wirklich interessiert war.

„Okay", sagte er, „ich kann dir noch vieles in Bremen zeigen, denn die Stadt hat eine sehr alte Geschichte, und wer an der Historie interessiert ist, wird sehr viel Spannendes sehen und erleben."

„Aber du musst wissen", fügte er hinzu, „dass mein Wissen nicht wissenschaftlich eindeutig bewiesen ist und meine Kenntnisse nur oberflächlich sind."

Sie sagte: „Wie schön, dass ich dich so durch Zufall getroffen habe, es ist so spannend und überhaupt nicht langweilig, denn ich bin wirklich an der Geschichte allgemein interessiert."

„Weißt du", fügte sie hinzu, „mein Beruf ist zwar auch sehr abwechslungsreich, aber ich möchte noch ein bisschen mehr Wissen über Bremen und seine Geschichte vermittelt bekommen. Solche Dinge hat man in der Schule überhaupt nicht gelernt, dafür aber vieles, was mich überhaupt nicht interessiert hat. Ich habe überhaupt den Eindruck gewonnen, dass das schulische Wissen nur zu einem kleinen Teil wichtig zum Überleben ist."

Dann war einen Augenblick Stille, bis sie hinzufügte:

„Außerdem bin ich auch gern mit dir zusammen. Ich habe meiner Großmutter immer alles erzählt, was wir so unternehmen, und sie wird immer neugieriger auf dich und meinte, sie müsse dich unbedingt auch einmal kennenlernen. Zuerst hatte sie den Eindruck gewonnen, dass ich mich wohl ein wenig in dich verliebt habe, und es war gar nicht so leicht, ihr klar zu machen, dass nur die Chemie zwischen uns stimmt und ich dich wirklich sehr gerne habe, aber wir kein Paar sind.

„Na, na", meinte ihre Oma dann, „was nicht ist, kann ja noch werden. Aber der ist doch viel zu alt für dich, oder?"

„Komisch", hatte Ortrun dann zu ihrer Großmutter gesagt, „ich mag ihn doch sehr gern und genieße die Treffen sehr, aber ich mag ihn so wie meinen Onkel oder Großvater. Ich glaube auch, dass er keine anderen Absichten hat, als mir einfach nur schöne Stunden zu bereiten und mir vieles über Bremen zu zeigen und zu erzählen. Ich hatte den Eindruck gewonnen, dass er mir so viel Aufmerksamkeit schenkt, weil seine Tochter und seine Enkelkinder, wohl beeinflusst vom Schwiegersohn, sich von ihm losgesagt haben und ja weit weg wohnen.

Ich denke, dass er es genauso sieht, er ist wohl einsam und genießt meine Begleitung. Ich fühle mich einfach in seiner Gegenwart sehr wohl, kann mich von meinem anstrengenden Job gut erholen und bin am Ende eines solchen Tages völlig entspannt", schloss sie dann die Unterhaltung mit ihrer Großmutter.

Sie verabschiedeten sich und legten auf.

Der alte Mann genoss ihre Ausführungen. Er war irgendwie ziemlich entspannt und ging dann bald ins Bett.

So auch am nächsten Tag. Er genoss den schönen warmen Sonnenuntergang, als sein Telefon klingelte und er sofort an Ortrun dachte, sie hatte wohl noch etwas Wichtiges vergessen.

War sie aber nicht.

Als er sich gemeldet hatte, war einen Augenblick Stille. Dann meldete sich eine Frauenstimme, die fragte: „Wissen Sie nicht, wer hier sein könnte?"

Er hatte im ersten Augenblick keine Idee und bat die Anruferin, sich vorzustellen, denn er war sich nun sicher, dass es Ortrun nicht sein konnte.

„Hier ist Claudia Großmann. Erinnern Sie sich nicht an mich?" Natürlich erinnerte er sich jetzt, es war die so unglückliche

Parkbekanntschaft, der er ein wenig aus der Patsche, jedenfalls was das leibliche Wohl anbelangte, geholfen hatte.

„Wie geht es Ihnen? Haben Sie die erhoffte Hilfe vom Sozialamt bekommen und eine einvernehmliche Regelung mit Ihrem Vermieter treffen können?", fragte er, neugierig geworden.

„Erst einmal möchte ich mich noch einmal herzlich bei Ihnen bedanken, denn ohne Sie hätte ich kein Licht am Ende des Tunnels gesehen, und wer weiß, was ich dann getan hätte."

„Ja, das Sozialamt hat mir geholfen, sodass wenigstens mein leibliches Wohl gesichert ist.

Mein Vermieter hat mir bis auf Weiteres die Mieten gestundet und ist damit Ihrer und der Empfehlung der Bundesregierung gefolgt."

Sie ergänzte ihre Schilderung und fügte hinzu: „Er hätte ja meinen Laden und die Wohnung im Augenblick auch nicht vermieten können, und die Immobilie würde so auch nicht besser werden."

„Aber der Grund meines Anrufes ist, dass ich Ihnen danken möchte. Aus diesem Grund würde ich Sie gern zu einem Abendessen einladen. Ich würde gern für Sie kochen, und eine Flasche Wein habe ich ja auch noch von dem Einkauf, ich habe keine Lust auf ein Glas Wein, wenn ich allein davorsitze.

Außerdem bin ich auf Ihre Bücher mehr und mehr neugierig geworden. Ich möchte herausfinden, warum Ihre Bücher so schwer verkäuflich sind. Was sagen Sie zu meiner Einladung: Wie passt Ihnen der Sonntagabend um 18:00 Uhr? Ich rechne mit Ihnen und freue mich auf ein Wiedersehen."

„Das war ja ein gewaltiger Redeschwall", dachte der alte Mann, sagte aber zu.

Er ergänzte noch, dass er seine Bücher mitbringen würde, denn er war neugierig, wie eine Fachfrau sie beurteilte.

„Vermutlich sind sie nicht professionell genug verfasst worden", dachte er noch.

Hoffentlich versucht diese Dame nicht, mehr aus der Situation zu machen, denn an einem wie auch immer gearteten Verhältnis war er nicht interessiert.

Er erinnerte sich an die doch sehr enge Umarmung, als sie alle Lebensmittel verstaut hatten und er gehen wollte.

Er verdrängte jedes weitere Nachdenken über diese Frau und die Einladung. Zu sehr freute er sich erst einmal auf das nächste Treffen mit Ortrun. Er hatte ja schon angesprochen, an die Nordsee zu fahren, solang das Wetter noch so schön war.

Entweder um im Watt laufen oder mit dem Jet nach Helgoland fahren. Er nahm sich vor, sie zu fragen, ob der freie Mittwoch ein passender Tag ware, und wenn dann auch schönes Wetter wäre, man an die See fahren könnte, oder ob sie lieber mit dem Jet nach Helgoland fahren würde.

Wie immer war sie pünktlich am Treffpunkt.

Ihre Begrüßung fiel genauso herzlich wie immer aus.

„Wo gehen wir heute hin, hast du etwas Schönes ausgewählt?"

„Schön? Vielleicht, wollen mal sehen, wie es dir gefällt." Sie machten sich auf den Weg und kamen am Parkhotel, danach an dem schon bekannten Springbrunnen vorbei.

Dann bogen sie rechts bei einem Pavillon ab, ließen einen Spielplatz links liegen und erreichten den Minigolf-Platz.

Von hier aus überquerten sie die beiden kleinen Brücken und schlugen den Weg zum Emma-Café ein.

„Ich kenne den Weg, den wir genommen haben, schon recht gut. Wo soll es hingehen?", fragte Ortrun und sah ihn stirnrunzelnd an.

„Du stehst jetzt genau vor dem Denkmal der Gräfin Emma." Er deutete auf einen gemauerten Halbkreis mit Bänken darin, den sie nun erreicht hatten. „Du kannst die Inschriften lesen, die allerdings nur nett sind, aber das damalige Drama mit dem Krüppel verschweigen."

„Komisch", sagte sie, „wir sind doch schon zweimal daran vorbeigelaufen, und ich habe überhaupt nicht darauf geachtet."

Sie las die gesamten Inschriften, die auf dem ganzen Rund zu lesen waren, schüttelte den Kopf und meinte: „So ein Luder, aber so ist es immer, wer das Geld hat, darf seinen Charakter in der Öffentlichkeit verstecken und sich feiern lassen. Niemand

79

denkt an den armen Krüppel. Wenn du mir möglichst bald mehr von der Innenstadt zeigen willst, möchte ich den Gedenkstein, der zu Füßen des Rolands sein soll, ansehen und an ihn denken. Ich hab ja nicht viel von Bremen gesehen, erst die Schulzeit in Bremen-Nord, wo ich mich natürlich auskenne, dann die Ausbildung und nun der Beruf, der mir bisher kaum Zeit ließ, Bremen zu erforschen.

Wie froh bin ich, dich kennengelernt zu haben, jetzt lebe ich viel bewusster, und meine Oma wundert sich schon immer, wenn ich sie besuche und fröhlich von unseren Unternehmungen erzähle."

Sie tranken noch einen Kaffee im Emma-Café, spielten noch eine Runde Minigolf, dann ging es heimwärts.

Er merkte, dass sie sehr nachdenklich war, als sie die bekannten Wege gingen, und fragte: „Na, was brütest du denn aus?"

„Ach", sagte sie, „ich muss immer an den armen Krüppel denken. Wie kann man so herzlos sein?"

„Haben die Regierungen nicht zu allen Zeiten den Menschen irgendwelche Schauspiele gegeben, um sie von der eigenen Lebensweise und ihren Untaten abzulenken? Denk doch mal an die Gladiatoren in Rom und in den römisch besetzten und eroberten Gebieten, die zum Vergnügen der Zuschauer immer ihr Leben riskieren mussten und es meist verloren haben."

„Du hast recht", meinte Ortrun, „ich erinnere mich an einen Film im Fernsehen, da konnte man diese grausamen Spiele verfolgen und sehen, wie blutrünstig die Zuschauer immer den Tod des Unterlegenen forderten."

„Du musst das genauso wie das Elend der Kranken, die du versorgst, nicht so an dich heranlassen, es ist nicht mehr änderbare Geschichte des frühen Mittelalters in Bremen, wo Kirche, Adel und auch das Großkapital, was meist in den vorgenannten Händen lag, die Bürger bis aufs Blut ausgesaugt haben.

Die Geschichte ist voller Grausamkeiten, und wenn du das alles an dich heranlässt und nur an so etwas denkst, wirst du gemütskrank. Genieße unsere schönen Tage und freue dich, dass wir es uns leisten können, die schönen Dinge des Lebens zu genießen."

„Ja", sagte sie, „du hast recht, ich muss mich ja in meinem Beruf gefühlsmäßig immer zurückhalten, wir wollen es uns gut gehen lassen."

Während sie die schon bekannten Wege spazierten, fragte er sie, ob sie in der Innenstadt so manches Interessante besichtigen wollten oder ob sie erst einmal an die See oder nach Helgoland fahren sollten. „Wenn wir an die See oder nach Helgoland wollen, musst du dir einen ganzen Tag freinehmen, und da du im Schichtdienst arbeitest, kommen da nur wenige Tage infrage", vermutete er.

„Ich werde mir das überlegen und dann hoffen, dass wir uns auf einen Tag einigen können und dann das Wetter mitspielt", sagte sie.

Irgendwie hatte er das Gefühl, dass sie entweder gedanklich woanders war oder irgendetwas sie so stark beschäftigte, dass kaum eine weitere Unterhaltung stattfand.

Als sie an ihrem Auto ankamen, bedankte sie sich wieder wie immer, bestieg ihr Auto, brauste davon und hinterließ einen grübelnden alten Mann.

Er konnte sich keinen Reim aus dem heutigen Verhalten machen. Oder hatte sie die Geschichte der Gräfin Emma so mitgenommen, dass sie darüber nachgrübelte?

Nachdem er gedanklich nicht weiterkam, schlenderte er die Parkallee, im Schatten der riesigen alten Eichen entlang nach Hause.

Der Abend fiel wie immer aus.

Ein deftiges Abendessen, ein großer Becher Kaffee und seine geliebte Zigarre auf dem Balkon wollten ihn auch nicht von seiner Grübelei abbringen.

„Na ja", dachte er, „Frauen sind manchmal so kompliziert und für Männer unergründlich, die reinsten Wundertüten.

Aber wir Männer", stimmte er sich selber zu, „lieben sie halt und nehmen solche Gefühlsabgründe immer wieder klaglos hin."

Der Sonntag kam, und er dachte über die Einladung bei der Bibliothekarin am Abend nach.

Was erwartete ihn?

Ein Essen und eine nette Unterhaltung oder ein Gespräch über seine Bücher?

Hoffentlich keine weiblichen Anwandlungen.

Sie war zwar recht ansehnlich und auch im mittleren Alter, dass sie ihn vor dreißig Jahren noch interessiert hätte, aber er wollte keine amourösen Abenteuer mehr erleben.

Dazu, so seine Überzeugung, hätte er als Mann im mittleren Alter mehr als genügend Möglichkeiten gehabt, auf die er aus moralischen Gründen verzichtet hatte.

Jetzt legte er keinen Wert mehr auf solche Anwandlungen.

Er war neunundvierzigeinhalb Jahre verheiratet gewesen. Davon waren zehn Jahre mit der fortschreitendenBehinderung seiner Frau und beinahe fünf Jahre mit der Schwerstpflege arg belastet.

Dann die nochmalige Enttäuschung über seine Tochter, die nicht einmal zu der Urnenbeisetzung ihrer Mutter kommen wollte. Er hatte doch mehr mitmenschliches Verhalten von seiner Tochter erwartet.

Wie einsam war sein Weg zum Grab und zur Beisetzung seiner Frau.

All diese Probleme und Schwierigkeiten hatten zur Folge, dass er sich nach der Beisetzung seiner Frau selbst wegen schwerer Herzrhythmusstörungen in ein Krankenhaus eingewiesen hatte.

Schon die Hausärztin hatte ihn während der Erkrankung seiner Frau immer wieder gewarnt und ihm geraten, seine Frau in ein Pflegeheim zu geben.

Aber er hatte sich damals für stark genug gehalten, es allein zu schaffen. Wie man sich irren und selbst überschätzen konnte!

Aktuell konnte er zwar mit den vielen Tabletten ganz gut leben, aber er fragte sich, wie lang noch.

Nein, eigentlich hatte er, wie man so schön sagte, das Leben satt, eine gelinde Lebensmüdigkeit machte sich in ihm manchmal breit.

Jetzt war es aber ein Lichtblick, Ortrun kennengelernt zu haben.

So hatte sie ihn mit ihrer offenen Freundlichkeit und Frische irgendwie aus seiner Lethargie gerissen, und er fühlte sich viel lebendiger, seit er sie kannte. Er stand an diesem Tag etwas später auf und lief nach dem Frühstück eine Runde durch den Bürgerpark. Nach seiner Rückkehr bereitete er sich etwas später ein kleines Mittagessen zu.

Zwei Spiegeleier auf einer Scheibe Brot, auf die er einige Scheiben Bacon legte, fertig war das Menü.

Dann machte er es sich bequem und legte sich für ein kurzes Nickerchen hin.

Aber irgendwie hatte ihn das auch nicht, wie erhofft, erfrischt, und so duschte er ausgiebig, rasierte sich außer der Reihe gründlich und war so startbereit für den Abend.

Beinahe vergessen, aber doch noch eingefallen, packte er noch zwei seiner drei Bücher zusammen und wickelte sie in Geschenkpapier, Band drum herum, fertig.

So präpariert, holte er sein Auto aus der Garage, obwohl der Weg zu Claudia auch zu Fuß leicht zu bewältigen war.

Er hatte vor, einen Blumenstrauß zu erwerben, denn er dachte, von einer Frau zum Essen eingeladen zu werden, war etwas Besonderes, da gehörte es sich, einen Blumenstrauß mitzubringen.

Pünktlich um sechs Uhr abends stand er vor ihrer Tür und betätigte die Hausklingel. Als hätte sie ihn direkt erwartet, erklang der Summer, während er nochseinen Finger auf der Klingeltaste hielt. Oder hatte sie ihn durch irgendein Fenster kommen sehen?

Als er doch etwas mühsam die steile Treppe hinaufstieg, konnte er seitlich durch das Treppengeländer, sie stand in der Wohnungstür, ein paar wohlgeformte Beine sehen, die unter einem kurzen Rock herausragten.

Oben angekommen, überreichte er wohlerzogen den schönen Blumenstrauß und das Bücherpaket und bedankte sich für die Einladung.

Einen Augenblick standen sie sich gegenüber und schauten sich in die Augen. „O je, welch tiefer Blick, irgendwie hungrig nach Nähe", dachte er. Sonst fiel ihm nichts dazu ein.

Dann, als ob sie eben erst erwacht wäre, ging ein Ruck durch ihren Körper, und sie sagte: „Kommen Sie herein, ich bin mit dem Essenzubereiten fertig und habe Sie schon erwartet." Sie geleitete ihn ins Wohnzimmer. Alte und schöne antike, aber auch gemütliche Sitzmöbel, ein Mahagoni-Esstisch, der wunderschön festlich gedeckt war, also rundum klassisch, aber trotzdem gemütlich.

Schönes wertvolles Geschirr, genau im gleichen Stil die Trinkgläser, und in einer Karaffe ein Rotwein, der im Schein einer brennenden Kerze wie ein Rubin glänzte.

Er stellte fest, dass die Frau Stil und einen guten Geschmack hatte, was die Einrichtung anbelangte.

Sie bat ihn, Platz zu nehmen, und hauchte: „Bin gleich fertig, machen Sie es sich gemütlich."

Sie verschwand in der Küche, und er hörte eine Abzugshaube rauschen.

Dann Stille. Einen Augenblick später ging die Tür auf, und sie trug eine abgedeckte Schüssel, passend zum Geschirr, stellte sie in die Mitte des Tisches, nein, beinahe eine Tafel, nahm den Deckel ab und legte diesen auf einen kleinen Beistelltisch.

Jetzt ging sie wieder in die Küche und kam mit einer offenen Schüssel dampfender, gekochter Kartoffeln zurück, die sie neben die größere Schüssel, aus der eie verlockender Duft nach gebratenem Fleisch aufstieg, stellte.

Sie stand noch am Tisch und schenkte nun aus der Karaffe ein Glas dieses verlockend aussehenden Weines einund sagte, das Glas erhoben: „Schön, dass Sie gekommen sind, prost und guten Appetit."

Jetzt setzte sie sich neben ihn, und ein verführerischer Duft eines ihm schon bekannten Parfüms umschmeichelte seine Sinne.

„Darf ich Ihnen etwas geben?"

„Ja, bitte", antwortete er und reichte ihr seinen Teller. „Ich habe mein Lieblingsgericht gekocht, ungarisches Gulasch, ich liebe diesen Duft und die Schärfe der Speise."

Warum saß sie nun neben ihm und nicht gegenüber?

Als sie ihm seinen gefüllten Teller reichte, berührte sie ihn, und ihm war ziemlich komisch zumute.

Absicht oder Zufall. Er entschied sich für Zufall und genoss das leckere Essen.

Nach einem Augenblick schweigenden Essens griff sie zu ihrem Glas, sah in an. Aber wie? „Ich bin zwar die Jüngere, aber wollen wir nicht „Du" zueinander sagen? Ich weiß gar nicht, wie ich Ihnen danken soll. Erst helfen Sie mir aus einer wirklichen Notlage, dann geben Sie mir die hilfreichen Tipps mit der Sozialhilfe und dem Antrag auf Überbrückungshilfe für mein Geschäft. Hat alles wunderbar geklappt, und ich kann fürs Erste wieder etwas beruhigter in die Zukunft sehen.

Ja, so ist es, da kann man noch so viel und lange studieren, man ist aber komischerweise als Frau in solchen Situationen ziemlich hilflos. Aber was haben Sie mirdenn da mitgebracht, noch mehr Geschenke? Ich kann es gar nicht abwarten, in das Paket reinzuschauen, aber ich überwinde meine Neugierde, und wir essen erst einmal, prost."

Er überlegte einen Augenblick, kam dann aber zu dem Schluss, diese sympathische Frau zu duzen. Warum auch nicht?

Sie erfuhr ja auch so, wenn sie das Paket öffnete, seinen kompletten Namen. Er nannte ihr absichtlich nicht seinen wirklichen Nachnamen, sondern sein Pseudonym, unter dem er seine Bücher schrieb.

„Ja, warum nicht? Mein Name ist Rolf Berlimont, nennen Sie mich Rolf."

Er erhob sein Glas und stieß mit ihr an. Nun sagte sie:

„Nein, so geht das nicht. Wollen wir nicht aufstehen und uns vorstellen, wie es üblich ist?"

Sie erhoben sich, stießen miteinander an, und ehe er sich versah, drückte sie ihm einen warmen Kuss auf und sagte dann noch einmal mit einer rätselhaften Stimme: „Danke noch einmal lieber Rolf, du hast mir zur rechten Zeit aus einer furchtbaren Situation geholfen, ich weiß nicht, was ich sonst getan hätte."

„Na ja", sagte er etwas verunsichert, „habe ich gern getan, ist nicht der Rede wert, wenn ich irgendwie helfen kann, bin ich immer dazu bereit."

Sie setzten sich wieder und aßen zu Ende.

Es hatte hervorragend geschmeckt, und das sagte er ihr auch: „Ich habe lange nicht mehr so leckeres Gulasch gegessen und das auch noch in so netter Gesellschaft." Sie bedankte sich und sagte: „Ich habe mir auch sehr viel Mühe gegeben und freue mich, dass es dir geschmeckt hat. Wir können das ja noch öfters wiederholen."

Sie räumte den Tisch ab und sagte: „Wollen wir uns nicht in die Sitzecke setzen? Ich möchte mir dein Geschenk jetzt gern ansehen."

Die Sitzecke bestand aus einem Zweiersofa, einem kleinen runden Tisch und zwei kleinen Sesseln.

Sie stellte nun den Wein und ihre beiden Gläser so hin, dass er genau auf dem einen der beiden Sofasitze Platz nehmen musste.

Ihm wurde die Situation nun doch ein bisschen seltsam. Sie war doch eine ansehnliche Unternehmerfrau mittleren Alters und er könnte leicht ihr Vater sein.

Sie holte das kleine Paket aus der anderen Zimmer- ecke und ließ sich neben ihm auf den freien Sofasitz plumpsen. Ihm wurde nun doch sein Kragen ein bisschen eng.

Sie saß ziemlich nah bei ihm, und wieder nahm er einen zarten Duft ihres Parfüms wahr. Ihm kam der Duft doch ein wenig bekannt vor. Wo hatte er den schon gerochen?

„Ich kann mich jetzt aber nicht mehr zurückhalten, nun will ich auch wissen, was in dem Paket ist, das du mitgebracht hast." Sie riss die Verpackung ungestüm auf und jubelte. „Oh, das sind ja deine von dir geschriebenen Bücher, welche Freude." Und schon hatte er einen zweiten Kuss von dieser Frau auf der Wange.

„Am liebsten würde ich sofort anfangen zu lesen, aber die hebe ich mir als Bettlektüre auf."

Sie erhob nun das Glas und sagte: Darauf müssen wir noch einmal anstoßen. Ich weiß gar nicht, wie ich dir für deine Wohltaten danken soll."

Aber er wollte nicht mit Sex aus Dankbarkeit bezahlt werden, denn ihm schwante schon, wo dieser Abend hinführen sollte.

Sie tranken noch ein wenig Wein, er lehnte aber ab, als sie noch eine Flasche herbeiholen wollte, und sagte: „Nein, danke, ich bin es nicht gewohnt, mehr als ein Glas Alkohol zu trinken."

Sie sah ihn nun sehr intensiv an und sagte: „Schade, hätte gemütlich werden können."

„Ui", dachte er sich, „Junge, am besten machst du dich aus dem Staub, sonst will sie mehr von dir." Und danach stand ihm nicht der Sinn. Er wollte keine Abhängigkeit nur aus Dankbarkeit herstellen, er hatte gern geholfen und war sonst nur daran interessiert, was eine Fachfrau zu seinen Büchern zu sagen hatte.

Aber wie sollte er nun aus dieser süßen Falle herauskommen?

Er fragte sie nun: „Kennst du denn meinen Verlag, hast du schon einmal mit denen Kontakt gehabt?"

„Nein", meinte sie und fügte hinzu: „Weißt du, es gibt so viele Verlage, aber die meisten ziehen ihre jungen Autoren über den Tisch, die bekommen nur ein Taschengeld, obwohl sie zuvor die ganze Buchherstellung finanziert haben. Außerdem bekommen die Autoren meist erst ab dem Verkauf von hunderten von Büchern, oder sogar mehr, eine Beteiligung."

„Ich habe auch den Verdacht, dass der Verlag der Einzige ist, der an meinen Büchern verdient", sagte er nun. „Ich habe bisher nur einige Cents bekommen", ergänzte er. Mir ging es zuerst nur darum, mein abenteuerliches Leben zu schildern. Ich wollte erreichen, dass vielleicht einige junge Menschen sich vorstellen können, wie es direkt nach Beendigung des Wahnsinns der Kriege so in der Welt zuging, und nicht immer gleich jammern, wenn es mal ein bisschen härter wird."

„Wenn du willst, kann ich mir ja bei Gelegenheit den Vertrag, den du mit dem Verlag hast, ansehen?"

„Okay, können wir ja so machen, obwohl ich ja im Nachhinein daran gar nichts machen kann."

„Aber für dein nächstes Buch sehen wir mal, ob wir das nicht lukrativer für dich veröffentlichen."

Jetzt suchte er einen Grund für einen passenden, aber netten Abgang.

„Weißt du", sagte er, „ich bin es gewohnt, am Samstagabend eine Sendung im Fernsehen anzuschauen, sei mir nicht böse, aber ich möchte mich nun verabschieden. Außerdem rauche ich gern auf meinem Balkon meine geliebten Zigarren, die du mit Sicherheit nicht magst. Das Essen hat hervorragend geschmeckt, der Wein war vom Feinsten, alles war schön bei dir, das müssen wir einmal wiederholen. Dann bin ich aber dran und gern der Gastgeber."

Er dachte, dass es nötig war und fügte hinzu, dass er in einem schönen Restaurant einen hervorragenden Platz reservieren würde.

„Schade, ich hatte mir einen schönen Abend mit dir vorgestellt, aber wenn es denn sein muss, kann ich dich wohl nicht aufhalten." Er hatte den Eindruck, dass sie mehr von ihm wollte, denn sie schaute ihn irgendwie traurig an, als sie das sagte.

Er in seinem Alter war nicht mehr an weiterführenden Erlebnissen interessiert.

Er stand nun auf und begab sich zur Garderobe, wo er seine Kappe aufgehängt hatte. Sie folgte ihm, nahm ihn zum Abschied in den Arm und sagte: „Schade, ich wollte es uns schön machen und dich näher kennenlernen. Außerdem weiß ich wirklich nicht, wie ich dir meinen Dank zum Ausdruck bringen soll."

„Ach, das ist doch nicht der Rede wert, ich konnte dich doch nicht so auf der Bank im Park zurücklassen Wer weiß denn, was du dann gemacht hättest", sagte er, dann wandte er sich zum Gehen.

Langsam, die Treppe war wirklich sehr steil, schritt er sie hinab und erreichte wohlbehalten den Ausgang.

Auf der Straße angekommen, sagte er zu sich selber: „Puh, das ist noch einmal gut gegangen." Er schaute noch einmal zurück auf das Haus, in dem er gerade war, und sah sie am Fenster stehen, wie sie ihm eineKusshand zuwarf, er winkte zurück und war um die Häuserecke verschwunden, hinter der sein Auto stand.

Direkt nach Hause wollte er nun aber nicht, nachdem er sein Auto geparkt hatte, sondern machte noch einen kleinen Umweg durch den Park. Er musste das Erlebte doch noch verarbeiten.

Einerseits schmeichelte es ihn, dass eine so hübsche Frau, die zwar, so vermutete er, um die sechzig Jahre alt war, aber immer noch schön anzusehen war, ihm so nahekommen wollte und dieses deutlich zum Ausdruck brachte. Andererseits hätte er sich sicherlich als Mann blamiert, denn er war sicher, dass es nicht mehr ausreichend funktionierte.

Er lief noch einige Umwege, aber war dann doch bald wieder zu Hause.

Er wollte sich nicht wie üblich ein Abendessen zubereiten, denn das Menü, das sie aufgetischt hatte, war wirklich vom Feinsten, und er war noch sehr satt, sodass ihm für diesen Abend ein strammer Kaffee und selbstverständlich seine geliebten Zigarren auf dem Balkon voll ausreichten.

Als er da so auf dem Balkon saß, ging ihm der Tag durch den Kopf. Wäre er noch mindestens zwanzig Jahre jünger oder wenigstens in ihrem Alter gewesen, er schätzte sie auf Ende fünfzig oder gerade Anfang sechzig, er hätte bestimmt eine wunderschöne Nacht mit ihr verbracht. Natürlich regten sich bei ihm auch schöne Fantasien, aber er wollte ihr gegenüber nur ein Gentleman sein und ihre Notsituation nicht ausnutzen. Wenn er ihren Annäherungsversuchen nachgekommen wäre, wäre er sich sehr schlecht vorgekommen.

Er saß noch eine Weile so da und dachte über all das Erlebte nach, bevor er wieder ins Zimmer ging, sich noch einen Kaffee einschenkte und den restlichen Abend vor dem Fernseher verbrachte.

Irgendwie ging sie ihm aber nicht aus dem Kopf und er wurde sich bewusst, dass er ein alter Mann war, der für solche Sachen nicht mehr geeignet war. Am nächsten Tag stand er relativ spät auf, hatte wegen der Ereignisse des letzten Tages mit längeren Unterbrechungen geschlafen.

So kam es, dass er sich in der letzten Nacht, die ihm weniger erholsam erschien, wieder und wieder gedanklich mit Claudia beschäftigte, und sie hatte dafür gesorgt, dass er erst spät wieder einschlafen konnte.

Er musste immer wieder über das eindeutige Verhalten von Claudia nachdenken.

Was beschäftigte sie, sodass sie trotz der positiven Entwicklungen nicht so sorglos und freundlich wirkte, sondern Begehrlichkeiten nachhing?

So schwirrten Claudia und der gestrige Abend in seinem Kopf herum. Was steckte in ihrem Kopf?

Hatte sie sich wirklich in einen alten Mann verliebt, der ohne Weiteres ihr Vater sein konnte? Unwahrscheinlich, und so gab es nur zwei weitere Möglichkeiten.

Entweder wollte sie nur ein Abenteuer, weil sie schon lange keinen Mann mehr hatte und ihre Hormone sie im Griff hatten. Oder war ihre Situation so schwerwiegend, dass sie von einer tiefen Dankbarkeit übermannt wurde?

Er konnte diesen Gedanken nicht so recht in die Reihe bekommen und war sich auch nicht klar, wie er in Zukunft dieser Frau begegnen sollte.

Was war es doch so schön, sauber und klar in der Beziehung mit Ortrun, zu der er eine tiefe, aber mehr väterliche Gefühle hegte. So kamen überhaupt keine anderen Gedanken auf, sodass er ohne Hintergedanken das Zusammensein genießen konnte.

Auch von ihrer Seite war es bestimmt auch nicht anders und sie genoss die Aktivitäten und Ausflüge genau wie er. Ortrun rief ihn am nächsten Abend an, er saß auf dem Balkon, hatte sein Laptop auf dem Schoß und versuchte, seinen gerade erst angefangenen Roman weiterzuschreiben, als das Telefon durch die Nacht schrillte.

Es war Ortrun, sie teilte ihm mit, dass sie am nächsten Tag, eine Kollegin war aus dem Urlaub zurück, zum Chef zitiert worden war und der ihr mitgeteilt hatte, dass sie den gewünschten Urlaubstag am nächsten Tag, also morgen, freibekommen könnte.

„Können wir morgen an die See fahren? Ich war noch nie dort oben, und du hattest mir ja vorgeschlagen, wenn ich einen Tag freibekommen könnte, dass wir dorthin fahren. Hoffentlich hast du nun nichts anderes vor, denn das kam ja nun recht plötzlich. Bei uns in der Klinik haben wir Personalmangel, und so kommen solche Entscheidungen immer von heute auf morgen."

„Ich kann dich beruhigen, ich habe nichts anderes vor und freue mich auf morgen."

„Ich will dich nicht belehren, aber da du noch nicht an der See warst, will ich dir einen Tipp geben, wie du dich anziehen solltest. Da das Wetter morgen sehr warm werden soll, ziehe bitte leichte Kleidung an. Vergiss nicht eine Kopfbedeckung, wenn du empfindliche Gesichtshaut hast, creme dich ein und ziehe am Oberkörper ein leichtes Teil mit langen Ärmeln an, weil man dort im Watt leicht einen Sonnenbrand bekommt, denn da gibt es keinen Schatten weit und breit. Die meisten Frauen ziehen Shorts und eine leichte langärmelige Bluse an", schloss er seine Tipps ab und meinte: „Wir sollten gleich nach dem Frühstück losfahren, wir nehmen meinen Wagen."

„Du bist wirklich nicht nur väterlich nett zu mir, sondern auch noch so fürsorglich. Wann soll es denn losgehen?"

„Ach, weißt du", antwortete er ihr, „mit der Fürsorge ist das so eine Sache. Was haben wir davon, wenn du dir aus Unkenntnis einen gewaltigen Sonnenbrand holst. Am Meer oder sogar im Watt holt man sich leicht einen Sonnenbrand, denn die Sonne scheint nicht nur von oben, sondern das Wasser spiegelt sie auch noch zurück, und du bekommst sie von allen Seiten.

Ich werde mich über den Tidenkalender vorsorglich informieren, der sagt uns, wann man in das Watt gehen kann. Ich werde dich gleich wieder anrufen, wie es mit Ebbe und Flut dort oben steht, bis gleich."

Er schaute, nachdem er aufgelegt hatte, im Internet nach und war erfreut, denn das Wasser sollte um 8:30 Uhr beginnen abzulaufen.

Er rief sie wieder an und sagte: „Wir sollten so gegen 8:30 Uhr losfahren, denn das Wasser läuft dann schon eine halbe Stunde ab. Wir kommen dann genau rechtzeitig dort an und können sofort hinter dem ablaufenden Wasser hermaschieren."

„Ach", sagte sie, „ich kenne mich da nicht so aus. Was bedeutet das? Wasser läuft ab und wir wollen hinterherlaufen? Das musst du mir noch erklären, aber ich verlasse mich da ganz auf deine Kenntnis."

„Okay, dann sehen wir uns morgen Früh um 8:30 Uhr an meiner Adresse", sagte er, bevor sie auflegten.

Der Abend verlief ruhig, und der Alte hatte eine gute Nacht, und als der Wecker am nächsten Morgen klingelte, war er ausgeschlafen und freute sich auf den Tag.

Er bereitete sich ein kräftiges Frühstück mit ausgelassenem Speck und zwei Spiegeleiern auf einer Scheibe Toastbrot. Dann trank er einen großen Becher starken Kaffee und rauchte seine geliebte Zigarre auf dem Balkon, bevor er zu seinem Auto ging.

Er trug ein leichtes Hemd, auf dem Kopf seine alte Kappe, Jeans-Shorts und leichte Turnschuhe. Auf dem Rücken hatte er einen kleinen Rucksack, in dem er die nötigsten Sachen verstaut hatte.

Ein Traum von Frau stand vor seiner Tür und blickte ihn erwartungsvoll an. Mein Gott, was war das für ein hübsches und anmutiges Wesen, und er verfluchte sein Alter.

Sie hatte ein leichte Bluse mit langen Ärmeln an und darü- ber eine leichte Windjacke, denn der Morgen war noch recht frisch. Aus den Shorts ragten schön geformte lange Beine hervor, an den nackten Füßen trug sie leichte Schuhe.

Sie bemerkte seinen musternden Blick, drehte sich graziös um die eigene Achse und fragte dann: „Ist alles so recht, bin ich richtig angezogen?"

Er deutete Applaus an und fragte dann, was sie in ihrer Umhängetasche hatte.

Sie sagte: „Ich habe ein Handtuch, eine Baseballkappe, eine Tube Sonnencreme und eine kleine Flasche Wasser mitgebracht."

„Bravo"; sagte er, „genauso ist es perfekt und nichts Wichtiges fehlt."

„Genau das Gleiche habe ich auch mitgebracht", sagte er dann, und sie stiegen in seinen Wagen.

Der sprang auch gleich an, was nicht selbstverständlich war, denn die meiste Zeit stand der in der Garage. Sie fuhren die Parkallee stadtauswärts in Richtung Universität und dort auf die Autobahn Richtung Bremerhaven und Cuxhaven, wo sie ja hinwollten.

Neben ihm saß dieser Traum von Mädchen, nein, sie war schon eine junge Frau, und strahlte über das ganze Gesicht.

Als sie so dahinfuhren, es war ein traumhafter Sommertag, strich ihm ein leichter Duft eines Parfüms oder eine Eau de Toiletteum die Nase.

Und nun wusste er, warum ihm dieser Duft, den er bei der Bibliothekarin wahrgenommen und er sich gefragt hatte, woher er diesen Duft kannte, so bekannt vorkam.

Es schmeichelte die männliche Nase, war aber nicht aufdringlich oder zu schwer. Einfach verlockend.

Er riss sich zusammen und stellte das Autoradio an, und Gott sei Dank, war schöne, jedenfalls für seinen Geschmack, muntere Musik drin.

Dann fragte er sie: „Magst du Country-Western-Musik?"

„Ja", sagte sie, „ich habe diese Musik schon einmal bei einer Squaredance-Veranstaltung gehört und sie gefällt mir gut."

Er schaltete das Autoradio auf CD,und prompt hörte man Loretta Lynn, die einen Song von der viel zu früh gestorbenen Lee Ann Reims interpretierte. Er liebte diese Musik und vor allem die Western-Gitarre.

Sie erreichten die Autobahn, auf der für diese Tageszeit überhaupt wenig Verkehr war, denn diese Autobahn war zur Berufsverkehrszeit eigentlich immer ziemlich voll, und sogar Staus waren möglich.

Nicht so heute, sie fuhren ganz entspannt dahin.

Als sie Bremerhaven hinter sich gelassen hatten, staunte Ortrun doch über die unendlich weite Landschaft und sagte: „So etwas habe ich noch nie gesehen. Beinahe ungestörter Blick bis an den Horizont."

„Dann warte mal ab, bis wir in Cuxhaven sind, im Vergleich mit dem Watt und dieser Landschaft ist das hier noch eng besiedelt."

Nach insgesamt eineinhalb Stunden erreichten sie Cuxhaven-Duhnen. Er hatte Glück, und das sagte er ihr auch, dass sie einen Parkplatz bekamen, der gar nicht so weit vom Strand entfernt war.

Sie stellten das Auto ab und begaben sich auf den Weg zum Strand.

Als sie über den Deich stiegen, wo der Blick ungehindert bis zum Horizont reichte, blieb Ortrun stehen und blickte ungläubig auf das weite Wattenmeer.

„Wo ist denn das schöne blaue Meer?" fragte sie ihren Begleiter.

„Erstens ist das Meer hier direkt an der Küste nicht blau, sondern sandiggraubraun, und ständig der sogenannten Tide unterworfen. Mal kommt die Flut, und dann ist das Wasser da, dann läuft es, wie jetzt, wieder ab, und wir haben ein schönes interessantes Wattenmeer", erläuterte er ihr.

„Wie kommt denn das mit dem ständigen Wechsel"?, fragte sie ihn nun. Er war überrascht, dass sie so etwas nicht wusste. Lernt man doch in der Schule?

Er begann, ihr zu erläutern, was es so mit Ebbe und Flut auf sich hatte und dass der Mond da eine Rolle spielte.

„Weißt du, dass der Mond sich ständig um die Erde dreht? Und der hat so viel Anziehungskraft, dass er das Meerwasser mitzieht, wie eine große Welle", erläuterte er, „und so entsteht dann Ebbe und Flut."

„Das ist ja interessant. Und das stimmt auch so? Du willst mich doch sicher auf den Arm nehmen, oder?"

„Das stimmt genau, und du kannst das auch im Internet nachlesen, um deine Zweifel zu zerstreuen."

Sie strebten einem Strandkorbvermieter zu, der sich an der Promenade befand, und mieteten einen Strandkorb.

Als sie den dann erreichten, sagte er: „Weißt du, wenn wir ins Watt gehen, können wir unsere Kleidung und Schuhe hier ablegen, sodass wir unbeschwert laufen können."

Er zog nun seine Schuhe, seine Shorts und sein T-Shirt aus und fing an, sich einzucremen, und er merkte, dass sie ihn von der Seite musterte.

Erst wollte er sagen: „Ja, so sieht nun mal ein alter Mann aus", aber dann schwieg er. Sollte sie doch denken, was sie wollte. Erstens sah ein alter Mann tatsächlich so aus, zweitens konnte er ja sowieso nichts daran ändern.

Sie tat das Gleiche.

Sie zog auch ihre Schuhe und ihr T-Shirt aus und stand nun in einem hübschen Bikini da und fing auch an, sich einzucremen.

„Mein Gott", dachte er, „welch hübsche, anmutige Figur sie hat, alle Kurven an der richtigen Stelle." Er konnte beim besten Willen keinen Makel erkennen.

Sind denn die jungen Männer in Bremen blind, dass eine so hübsche, intelligente Frau noch solo herumläuft?

„Wir können uns gegenseitig den Rücken eincremen, wenn du willst", meinte er, und sie stimmte ihm zu.

Mit einer galanten Drehung drehte sie ihm den Rücken zu und reichte ihm über die Schulter die Cremetube.

Behutsam cremte er ihr die Schultern und den Rücken ein und reichte ihr dann die Tube zurück. Dann zog sie sich ihre Bluse über und war fertig.

Als er an der Reihe mit Eincremen war, genoss er ihre Berührungen und fühlte sich wie im Paradies. Aber leider dauerten solche schönen Erlebnisse nun mal nur Sekunden.

Nachdem sie sich beide eingecremt hatten, ergriff er den mitgebrachten Kescher, sie hatte dieses Gerät schon neugierig betrachtet, marschierten sie über die Promenade und einen kleinen, schmalen Strandabschnitt ins Watt. Es wies nur noch einige Pfützen auf, das Wasser war schon weiter abgelaufen, sodass sie munter drauflosmarschieren konnten.

Er zeigte ihr den Signalmast der Rettungswacht und den daran befestigten schwarzen Ball, der die richtige Stellung hatte und anzeigte, dass das Betreten des Watts ohne jede Gefahr für Leib und Leben möglich war.

Auch die Sträucher, die den Hauptweg markierten und ringsherum in mit Wasser gefüllten Mulden standen, die mangels Abfluss von der Flut zurückgelassen wurden, erläuterte er, als sie die erreichten.

Bei der nächsten Mulde blieb er stehen und erklärte ihr, dass man, wenn man Glück hatte, hier einen Krebs finden konnte, der es versäumt hatte, sich mit der Flut in Sicherheit zu bringen.

Und richtig, er erblickte eines dieser Tiere, die sich ein wenig in den Wattenboden eingegraben hatten.

Er griff in das Wasser und packte den Krebs von hinten, sodass er sich nicht wehren konnte.

Ortrun erschrak zunächst, zeigte dann aber großes Interesse. „Darf ich den auch einmal anfassen?"

„Ja," sagte er, „du musst ihn genau an der Stelle von hinten anfassen, wie ich es jetzt tue."

Sie zögerte einen Augenblick, dann aber griff sie beherzt zu und jubelte: „Ich hab ihn, und er kann mir gar nichts tun."

Dann sagte er ihr, dass es noch viel mehr zu sehen gab, und sie den Krebs wieder seinem Element übergeben sollte.

Sie setzte ihn wieder in das Wasser, wo er sofort versuchte, sich in den schlammigen Untergrund einzugraben.

Jetzt wanderten sie munter weiter ins Watt hinaus.

An der nächsten Wegmarkierung schaute sie wieder neugierig in den Tümpel und sah nun einen Seestern.

„Kann ich den auch anfassen?", fragte sie.

„Ja, natürlich, der tut dir überhaupt nichts, und du kannst ihn überall anfassen." Sie hob das Tier nun aus dem Wasser und besah ihn von allen Seiten, legte ihn dann aber wieder in den Tümpel.

„Das ist ja unbeschreiblich, ich wusste bisher gar nichts von den Tieren im Meer, ich dachte es gibt nur Fische im großen Wasser."

„Na, dann warte mal ab, du wirst noch viele Lebewesen hier im Watt sehen, das Meer, und somit auch das Watt, birgt viele, viele Tiere. Vermutlich, so sagen einige Wissenschaftler, birgt das Meer mehr Tierarten als das Land und dann noch viel mehr von jeder Art als alle Landtiere."

Nach einer Weile gelangten sie an einen Priel.

Das war ein Wasserlauf, der während der ganzen Ebbe das restliche Wasser aus dem Watt ablaufen ließ.

Diese Priele verfügten über einen schnellen, beinahe rasenden Wasserstrom, und man durfte sie nur bei ablaufendem Wasser überqueren, denn bei auflaufendem Wasser liefen sie in anderer Richtung und waren ganz schnell reißend und daher sehr gefährlich. Die beiden begannen, diesen Wasserlauf zu durchwaten. Sie erschrak über die Stärke des Wasserstromes und ergriff seine Hand, da sie verunsichert war. Auf der anderen Seite angekommen, blieb er stehen und sagte: „Ich will dir mal zeigen, wie viele verschiedene Tiere es in diesem Wasser gibt."

Er betrat wieder den Priel und zog den Kescher durch das schnell fließende Wasser, hob ihn dann hoch und stieg zu ihr auf das sandige Ufer.

Sie betrachtete den Inhalt des Keschers und war überrascht, wie viele kleine Tiere sich darin befanden.

Er zeigte ihr die einzelnen Tiere und erklärte, um was es sich dabei handelte.

„Hier ist eine kleine Scholle, wenn die groß ist, ist sie eine leckere Spezialität, diese ist aber noch ein Baby."

Er warf das Tier wieder in das Wasser.

Dann hob er ein beinahe durchsichtiges Tier aus dem Kescher. Es sah krebsähnlich aus. „Das ist eine Baby-Krabbe, auch Granat genannt. Wenn die draußen auf dem Meer in großen Mengen gefangen werden, muss man sie erst einmal kochen, dann sind sie rot und schmecken besonders lecker, wenn man sie aus ihrem Panzer befreit."

„Ja", sagte sie, „die kenne ich, ich esse sie gerne mit einer Portion Bratkartoffeln."

„Ja", antwortete er ihr, „die esse ich auch besonders gerne. Wenn wir zurück sind, können wir eine Mahlzeit davon zu uns nehmen, bevor wir die Heimreise antreten."

Weiterhin waren da winzig kleine Fische im Kescher, die Ortrun genau betrachtete, bevor sie den gesamten Fang dem Wasser übergaben.

„Schön, dass du mir all diese Tiere zeigst, konnte ich mir gar nicht vorstellen, wie das Wasser voller unterschiedlicher Tiere ist."

Jetzt sagte er ihr: „Weißt du, in dem Wattenboden, auf dem du stehst, gibt es auch noch eine große Menge Tiere, die du aber nicht siehst. Zum Beispiel gibt es eine große Menge verschiedener Muscheln und auch viele Wattwürmer."

Sie erschrak ein wenig und schaute auf ihre Füße und dribbelte auf ihren Füßen. „Was sagst du da? Unter meinen Füßen gibt es viele Tiere?"

„Ja", sagte er, „schau dir mal die kleinen Häufchen Sand an, die so aussehen wie Würmer, und ein wenig daneben siehst du ein Loch im Boden. Unter dem Loch saugt der Wurm Sedimentmasse an, verdaut sie und scheidet sie dann daneben wieder aus."

„Du willst mich jetzt wirklich auf den Arm nehmen, die würden doch ertrinken oder ersticken?"

„Nein, ich sage dir die Wahrheit, wenn wir das nächste Mal hierherkommen, nehmen wir eine kleine Schaufel mit, dann graben wir einen Wattwurm aus, und du kannst ihn dann bewundern. Aber", setzte er seine Erklärung fort, „der ist überhaupt nicht schön, er ist schwarz, so an die zwanzig bis dreißig Zentimeter lang und lebt nur im Wattenmeer."

„Das würde mich sehr interessieren und das möchte ich wirklich sehen, wenn das stimmt", sagte sie nun, und man hörte heraus, dass sie noch immer daran zweifelte, dass es diese Würmer im Watt gab.

Er versicherte ihr, dass seine Erklärung vollständig der Wahrheit entsprach.

Sie gingen weiter, überquerten sehr mühevoll einen weiteren Priel. Das Wasser war ja noch gar nicht vollständig abgelaufen, und dieser Priel war viel tiefer als der erste. Sie hielt sich wieder an seiner Hand fest, denn das reißende Wasser machte sie ängstlich.

Dann gelangten sie zu einem hohen Stahlturm, auf den eine Stahlleiter bis zu einer Plattform führte.

Auf ihre Frage, was es denn damit auf sich hätte, erklärte er ihr, dass das ein Rettungsturm war, auf den sich in Not geratene Wattwanderer flüchten konnten, wenn sie zu spät den Rückweg angetreten hatten und den letzten Priel nicht mehr überqueren konnten.

„Die Leute von der Rettungsgesellschaft beobachten das Watt immer aufmerksam und bergen diese in Not geratenen Menschen", erklärte er.

Nach etwa hundert Metern erreichten Sie die sogenannte Wattenkante, wo das Meer nicht mehr weiter ablief. Hier war ein sandiger Wall, beinahe einen Meter hoch, und das Meer brandete hier ziemlich heftig gegen diesen Wall.

Nachdem sie die Wattenkante bestaunt hatten, drängte er zum Aufbruch, und sie machten sich auf den Rückweg.

Sie war sich gar nicht bewusst, dass man sich hinsichtlich der Entfernung, die sie zurückgelegt hatten, und der Zeit, die verstrichen war, sehr täuschen konnte. Ungefähr die halbe Zeit, in der die Wattwanderung erlaubt war, war bereits verstrichen.

Sie marschierten munter drauflos, und er erklärte ihr die Zusammenhänge von Ebbe und Flut, der sogenannten Tide.

Als sie die Priele wieder erreichten, stellte sie auch sofort fest, dass das Wasser ganz schön gestiegen war und man die reißenden Fluten noch deutlicher spürte.

Nach einer Dreiviertelstunde, sie betrachteten noch die vielen Muschelbänke, erreichten sie wohlbehalten wieder die Strandpromenade.

Sie wuschen ihre Füße und Beine an den überall am Strand befindlichen Waschstellen und gingen dann zu ihrem Strandkorb. Von hier aus schauten sie der beginnenden Flut zu, die sich langsam, aber deutlich, das Wattenmeer zurückeroberte.

Ihre Beine und Füße waren bald getrocknet und sie zogen sich wieder an.

„Hast du Hunger?", fragte er sie. „Ich könnte jetzt etwas Leckeres aus dem Meer essen. Und Durst habe ich auch."

„Ja", sagte sie, „ich könnte nun auch etwas essen und ich bin auch durstig.

„Außerdem bin ich ziemlich kaputt, denn es ist anstrengender als ich dachte. Wie schaffst du das denn?" Natürlich war er mehr als kaputt, wollte es sich aber nicht anmerken lassen, ein bisschen Eitelkeit war wohl doch noch bei ihm vorhanden.

Andererseits kannte er das Wattwandern zur Genüge, er sparte seine Kräfte und ging einfach etwas langsamer als die jüngeren Menschen im Watt. „Ach", stimmte er ihr zu, „ich bin genauso erschöpft und freue mich darauf, in einem schönen Restaurant zu sitzen und etwas Leckeres zu schmausen."

Da er sich hier in Duhnen sehr gut auskannte, denn er war mit seiner Frau und seiner Tochter, als die noch klein war, sowie später mit seiner Tochter und seinem Schwiegersohn sowie den Enkelkindern einige Male hier.

Die beiden strebten nun das ihm wohlbekannte Fisch-Restaurant an.

Sie bekamen einen guten Platz und waren bald mit der Speisekarte beschäftigt. Er entschied sich für ein sogenanntes Fischerfrühstück, das aus Krabben (Granat) Rührei und Bratkartoffeln bestand.

Sie schwankte noch zwischen Rotbarschfilet, Scholle und ebenfalls einem Fischerfrühstück.

Dann erinnerte sie sich an die kleinen, beinahe durchsichtigen Jungkrabben, die sie im Priel gefangen hatten. Ihre Neugierde war geweckt, wie die hier wohl schmeckten. Sicherlich hatte sie schon Krabben gegessen, aber war sich der Herkunft nicht voll bewusst.

Sie bestellten das gleiche Mahl und beide dazu ein Alsterwasser (Bier und Zitronensprudel, auch Radler genannt).

Bald stand das Essen vor ihnen, und beide langten kräftig zu. Sie war von dem Geschmack der Krabben sehr angetan und nahm sich vor, beim nächsten Mal das Gleiche zu bestellen.

Nach dem Essen bummelten sie noch ein wenig durch den Ort. Ortrun, typisch Frau, konnte an den Schaufenstern nicht vorbeigehen. Zu interessant war die typisch nordische Küstenbekleidung, die überwiegend angeboten wurde. Er warnte sie jetzt und wies auf die überhöhten Preise hin.

Dann aber strebten sie wieder der Promenade zu, setzten sich dort auf eine Bank und betrachteten die nun voll auflaufende Flut.

Ortrun staunte über den großen Unterschied zwischen dem Anblick von Watt und Flut. Sie fragte, ob man denn bei Flut im Watt baden könnte. „Ja", sagte ihr Begleiter, „aber das Wasser wühlt so viel Wattenschlamm und Sand auf, dass man sich hinterher hier am Strand gründlich duschen muss."

„Aber du wirst sehen, dass sehr viele Menschen trotzdem in den Fluten baden, denn es soll gesund sein, sagt man."

„Ist wohl so wie eine medizinische Fango- oder Schlammpackung, die ja auch gern für diverse Leiden helfen sollen", meinte Ortrun nun.

„Ich möchte auf jeden Fall hier noch einmal herkommen, jedenfalls noch einmal das unendliche Meer bestaunen", resümierte sie.

„Wenn du im Meer baden möchtest, dann musst du auf die Inseln, die der Küste vorgelagert sind, fahren. Dort ist das Wasser viel reiner, aber auch nicht blau, denn die Nordsee ist nicht so tief wie der Ozean und führt viel Sand mit sich. Außerdem ist das Wasser nicht so schön warm wie in südlichen Ländern, aber erreicht im Hochsommer auch so an die 18 bis 19 Grad Celsius."

„Irgendwie ist man trotz der Anstrengungen der Wattwanderung völlig entspannt und die Gedanken wandern bis hinter die Horizontlinie. Was ist wohl dahinter?", fragte sie.

„Sechstausend Kilometer Wasser, bis nach Kanada", erklärte er.
„Und wie tief ist wohl der Ozean?", fragte Ortrun.

„Hier in der Nordsee meist nur zwanzig bis fünfzig Meter, weiter draußen im Atlantik sind es ein paar tausendMeter."

„Woher weißt du all diese Dinge?", kam die nächste Frage von ihr.

„Ach, weißt du", räumte er ein, „erstens bin ich ja in jungen Jahren zur See gefahren, zweitens war ich immer so neugierig und habe nach all diesen Dingen, genau wie du jetzt, gefragt, und weil sie mich interessierten dann auch gemerkt."

Sie saßen noch eine geraume Zeit da oben auf der Deichpromenade und schauten still auf die anrollenden Wogen der Nordseefluten.

Im Laufe der Unterhaltung fragte er sie: „Bist du denn noch nie hier oben an der Küste oder sogar auf eine der schönen Inseln gewesen? Es ist ein enormer Unterschied, hier oder auf einer Insel im offenen Meer zu baden."

„Nein", sagte sie jetzt, „bisher bin ich selten in meinen Urlauben verreist, da waren viel zu viel familiäre Probleme mit meiner Mutter und meiner Oma. In Zukunft will ich aber viel öfter hier oben an die See fahren und auf eine Insel will ich auch mal und im offenen Meer schwimmen. Ich bin dir so dankbar, dass du mir diesen Teil unserer Heimat gezeigt hast, es wäre mir viel entgangen, wenn ich die Meeresküste mit allen ihren interessanten Dingen nicht kennengelernt hätte."

Aber die Zeit verstrich schnell, und es ging schon bald gegen Abend. Sie beschlossen, sich auf den Heimweg zu machen, denn, wie sie sagte, hätte sie Frühdienst im Krankenhaus und sie wäre müde geworden.

Die Heimfahrt verlief ereignislos, das heißt, Ortrun war nach wenigen Kilometern an seiner Seite sanft entschlummert und war erstaunt, als sie den Ausgangspunkt ihrer Reise, den Parkplatz ihres Wagens, erreicht hatten. Sie erwachte, weil der Wagen hielt und er sich räusperte. „Oh, bin ich eingeschlafen? Ich war ganz schön müde, und du musstest fahren, obwohl du auch bestimmt genauso müde bist. Entschuldige bitte, ich hab ein schlechtes Gewissen."

Er grinste nur und beruhigte sie: „Ich kenne das schon, wenn man sich als Beifahrer nicht wachhalten kann und einfach einschläft. Wäre mir auch so ergangen, wenn du gefahren wärst."

„Oh, bin ich so langweilig", scherzte sie jetzt.

„Nein, ganz und gar nicht, neben deiner Erscheinung bist du auch eine wirklich amüsante Unterhalterin", erwiderte er nun. „Und das ist wahr."

„Ich weiß gar nicht, wie ich mich für diesen schönen und interessanten Tag bedanken soll. Du überraschst mich jedes Mal, wenn wir uns treffen, mit schönen Erlebnissen und so interessanter Unterhaltung, deine Frau muss wirklich sehr von dir verwöhnt worden sein."

„Ach, da bin ich mir gar nicht so sicher, und ich weiß gar nicht, wie sie es so lange mit mir ausgehalten hat. Aber über dieses Thema müssen wir uns heute nicht unterhalten", erwiderte er jetzt und stellte den immer noch laufenden Motor seines Wagens ab und stieg aus.

Sie stieg auch aus, ging um das Fahrzeug herum auf ihn zu und stand nun vor ihm. Sie schaute ihn mit einem entzückenden Lächeln an. „Es war ein so schöner Tag und ich möchte mich noch einmal ganz herzlich bedanken", sagte sie, umarmte ihn und drückte ihm einen Kuss auf die Wange.

Ui, welch ein schönes Gefühl, einen so jungen und schönen Körper zu fühlen, begleitet von diesem zarten Duft ihres Parfüms.

Als sie ihn wieder losließ, musste er sich ganz schön zusammennehmen und schalt sich einen alten Narren. „Hat mir auch viel Freude gemacht, ich bin immer wieder gern da oben im Norden und an der See und insofern habe ich mir auch selber einen Gefallen getan. Ganz abgesehen von der angenehmen Begleitung", fügte er hinzu. Sie errötete leicht.

Er begleitete sie noch zu ihrem Wagen.

Sie stieg ein, ließ den Motor an, schaute ihn noch einmal an, sagte: „Noch einmal einen herzlichen Dank für den schönen Tag", und rauschte davon.

Er stand noch einen Augenblick sinnierend da, riss sich dann aber zusammen, zündete sich eine Zigarre an und schlenderte noch einen kurzen Weg durch den Park, gelangte dann aber schnell wieder an seinen Wagen.

Er fuhr zu seiner Wohnung, stellte den Wagen ab und betrat bald darauf seine Wohnung.

Er war irgendwie ein wenig erregt, ging sofort auf den Balkon, paffte dort eine weitere Zigarre und ließ den Tag Revue passieren. Mein Gott, was war diese junge Frau für ein bezauberndes Wesen. Bildhübsch und angenehm im Umgang. Jetzt fiel ihm ein, woher er den zarten Duft ihres Parfüms kannte. Die Frau, diese Bibliothekarin, die er auch im Bürgerpark kennengelernt hatte und der er über den finanziellen Engpass geholfen hatte, benutzte offenbar das gleiche Parfüm.

Zart, nach irgendwelchen Blüten duftend, überhaupt nicht aufdringlich, aber für ihn doch anziehend.

Am nächsten Tag stand er ziemlich früh auf und bereitete sich, nachdem er geduscht und sich mehr als üblich fein gemacht hatte, das übliche Frühstück zu, wie er es liebte.

Es gab Toastbrot, ausgelassene Speckstreifen (Bacon), zwei Spiegeleier, frisch gebratenes Corned Beef Hash und seine Lieblingsmarmelade (Boysenberry), die er aus den USA kannte. Dies war eine Mischung aus Himbeeren und Brombeeren, und dazu gab es natürlich einen Becher starken Kaffee.

Nach dem Frühstück setzte er sich, weil es draußen schon früh schön warm wurde, auf seinen Balkon und rauchte still vor sich hin. Hier fühlte er sich unter einem Sonnenschirm recht wohl.

Er saß da und ahnte nicht, was auf ihn zukam.

Erst rief Ortrun an und bedankte sich noch einmal bei ihm für den gestrigen Tag.

Sie sagte, dass ihr die Wattwanderung außerordentlich gefallen hätte, und ergänzte, dass sie mehr als überrascht gewesen wäre, wie viele kleine Tiere sich in dem oberflächlich öden Watt aufhielten.

Er sagte ihr, dass das Meer das tierreichste System auf der Erde wäre, aber der Mensch dieses System mehr und mehr zerstörte.

Selbst in der Tiefsee gäbe es schon Tiere, die Miniplastik in ihren Mägen hätten und mehr und mehr daran zugrunde gehen würden. Auch die chemische Verseuchung durch die überwiegend von der Landwirtschaft, aber auch von der Industrie, verwendeten Chemikalien wäre deutlich messbar, und kein Mensch unternähme etwas, bis der Planet eines Tages nicht mehr bewohnbar wäre.

Er schimpfte jetzt, dass die Politiker nichts daran ändern würden, bis es eines Tages zu spät wäre.

Sie sagte, dass sie das so schlimm noch nicht gesehen oder erfahren hätte, und meinte, da müsste man doch etwas dagegen tun.

„Ja", fügte er seinen Ausführungen hinzu, „da gibt es sehr viele Menschen und Organisationen, die sich für den Schutz der Natur einsetzen, aber es sind nicht genug.

Da würden nur extreme Proteste, die noch intensiver sind, als das kleine schwedische Mädchen hervorgerufen hat, vielleicht noch etwas nützen. Aber da habe ich so meine Zweifel. Die, die noch etwas daran ändern könnten, tun es nicht, weil sie entweder zu sehr an ihren Posten interessiert sind oder Beamte sind, die nur stoisch ihren Job machen, oder Menschen, die wohlhabend oder sogar reich sind und nur an der Vermehrung ihres Geldes ineressiert sind. Die Masse der Menschen ist nur an ihrem eigenen Wohlergehen oder ihrer Macht interessiert und kümmert sich nur um die eigene Existenz und ihren Spaß im Alltag oder ihre persönliche Notlage.

Politiker reagieren nur zu Wahlterminen oder wenn sich ein Geschehen nicht umgehen lässt und ein Problem ihnen auf die Füße fällt. Ich frage mich, was für Naturkatastrophen noch passieren müssen, bevor die Herrscher der Vetomächte und die Diktatoren vieler Staaten, die ungeahndet Völkermord betreiben oder sich daran beteiligen, sich auf gravierende Maßnahmen einigen. Vermutlich viel zu spät."

„Meinst du denn, dass es schon so schlimm ist?"

„Noch viel schlimmer, als du ahnen kannst", erwiderte er, meinte dann aber: „Lass dir den Tag nicht verderben. Wir können eigentlich nur wenig an den Tatsachen, wie zum Beispiel den Völkermord in Syrien, wo der Regierungschef das eigene Volk mithilfe der Russen beinahe ausrottet, ändern."

Dann setzte er sich, nachdem sie sich für ein neues Treffen verabredet und aufgelegt hatten, wieder auf den Balkon, trank noch einen Becher Kaffee und rauchte noch eine Zigarre. Eigentlich war er mit allem im Reinen und fühlte sich recht wohl.

Natürlich hatte er auch mit altersbedingten Problemen zu kämpfen und wünschte sich nur, dass er noch eine Weile das Zusammensein mit Ortrun genießen konnte.

Kaum hatte er es sich wieder bequem gemacht, klingelte das Telefon erneut. Wer rief denn nun schon wieder an, war es Ortrun noch einmal?

Nein, als er den Hörer aufnahm, war es erst einmal im Hörer still, dann aber meldete sich eine Frauenstimme, die ihn fragte, ob er sie nicht an der Stimme erkannt hätte.

Nein, er konnte sich nicht vorstellen, welche weibliche Person ihn jetzt anrief. „Hier ist Claudia, die Person, der du auf so nette Art aus einer wirklich schlimmen Situation geholfen hast Erinnerst du dich nicht?"

Ja, jetzt war ihm klar, wer da am Apparat war.

„Ich wollte dir nur Bericht erstatten, wie es mir mit den Behörden ergangen ist. Ich bekomme nun eine Übergangsbeihilfe für mein Unternehmen und regelmäßige monatliche Unterstützung zum Überleben. Ich bin dir ja so dankbar und weiß gar nicht, wie ich das wieder gutmachen soll. Willst du nicht noch einmal zu mir zum Essen kommen? Ich werde mir etwas Leckeres einfallen lassen und für dich kochen. Es soll dir dann an nichts fehlen."

Was war das, was er aus dem Tonfall herauszuhören glaubte? Er überlegte einen Augenblick, er war wirklich nicht an der Erfüllung ihrer Träume interessiert, die bestimmt für ihn süße Träume werden könnten, aber irgendetwas hielt ihn zurück.

Nicht dass sie von ihrem Äußeren nicht anziehend wirkte, nein, sie war, so schätzte er, so um Ende fünfzig. Oder doch schon Anfang sechzig? Aber eine äußerst attraktive Frau.

Was war es dann, das ihn von einem Abenteuer abhielt? War es nur sein Alter, in dem man eigentlich mit solchen Sachen durch ist? Oder hatte er in seinem männlichen Stolz, den man auch im Alter noch etwas spürte, Angst zu versagen?

„Das habe ich doch einfach nur aus Nächstenliebe gemacht, du bist mir nicht einen besonderen Dank schuldig. Aber wenn du mit mir essen willst, dann schlage ich vor, dass ich dich zu einem Abendessen, vielleicht im Restaurant am Emmasee, einlade?"

Er merkte, dass sie einen Augenblick zögerte, dann sagte sie: „Eigentlich gerne, aber ich hatte mir einen gemütlichen Abend bei mir vorgestellt."

Autsch, wieder ein Versuch, schoss es ihm durch den Sinn. Aber was hielt ihn ab?

Sein Kopf sagte Nein, seine hormongesteuerten Gefühle sagten Ja, es musste wirklich ein besonderes Erlebnis sein, mit dieser reifen, schönen Frau einen Abend und mehr zu erleben. Sein Kopf gewann, und er wiederholte die Einladung für ein Essen außer Haus.

Sie willigte letztendlich ein, und er war sich sicher, eine deutliche Enttäuschung herauszuhören.

Sie verabredeten einen Termin zum Ende der Woche, und er versprach, einen schönen Tisch zu reservieren, und es wurde höchste Zeit, reinen Tisch zu machen.

Was war denn, wenn ihm keine Ausrede mehr einfiel?

Er musste ihr dringend sagen, dass er gerne mit ihr bekannt wäre, auch hin und wieder schön mit ihr essen würde, aber mehr nicht.

Im kam der Gedanke, diese beiden Frauen, die er auf so unübliche Weise kennengelernt hatte, irgendwie zu vergleichen. Auf der einen Seite Claudia, diese reife, gebildete und sehr attraktiv wirkende Bibliothekarin. Auf der anderen Seite Ortrun, diese junge, hübsche Krankenschwester, mit der er ein unbelastetes, erfrischendes, so schien ihm, Opa-Enkelin-Verhältnis pflegte.

Die eine war ihm für seine Hilfe dankbar, denn er hatte sie aus einer ausweglos scheinenden Situation befreit, und wie es schien, war sie auch an ihm als Mann interessiert.

Die andere, außer ihrer Oma ohne Anhang, jung, frisch und allem Neuen aufgeschlossen, und beide genossen dieses unbelastete Freizeitverhältnis.

Was verwirrte ihn, was verband diese beiden so ungleichen Frauen in seinem Gehirn?

Warum war die eine, diese junge, hübsche Frau, noch ohne Anhang?

Dass sie den Kontakt zu ihrer Mutter abgebrochen hatte, fand er im Grunde nicht in Ordnung.

Aus eigenem Erleben gab es immer wieder Verhaltensweisen der einen oder anderen Seite, die ein solches Verhältnis störten und oft zu einem Zerwürfnis führten.

Er nahm sich vor, hier noch einmal nachzuhaken, um vielleicht doch noch etwas zu retten.

Er hatte eine unruhige Nacht voller wirrer Gedanken und war am nächsten Morgen nicht ausgeschlafen und fühlte sich gar nicht wohl.

Erst ein deftiges Frühstück, nach amerikanischem Stil, mit viel starkem Kaffee und seiner geliebten Zigarre, brachten ihn einigermaßen wieder ins Gleichgewicht.

Nachdem er auf seinem Balkon seine Zigarre geraucht hatte, rief er im Emma-Café an und bestellte für Sonntagabend einen Tisch für zwei Personen. Dann rief er bei Claudia an, wiederholte seine Einladung und fragte, ob ihr dieser Termin recht wäre.

„Ja", sagte sie, „ich hätte dich auch gern bei mir verwöhnt, aber der Termin ist mir recht. Wollen wir uns noch vorher sehen? Übrigens, habe ich jetzt alle deine Bücher mit Spannung durchgelesen und bin erstaunt, was du so alles schon in deinen jungen Jahren durchgemacht und erlebt hast.

Aber das würde ich gern mit dir an einem gemütlichen Abend bei mir besprechen, zu dem ich dich jetzt schon herzlich einlade. Ich würde dir gern einige Tipps geben, wie du noch an deinem Schreibstil feilen kannst."

„Wieder dieser Frontalangriff", dachte er, und es war ihm sehr unangenehm.

„Danke, aber ich habe in diesen Tagen noch recht viel um die Ohren und ich bin ja auch nicht mehr der Jüngste und brauche viel Zeit für mich."

„So", dachte er bei sich, „das muss sie doch einsehen und akzeptieren." Oder sollte er reinen Tisch machen und ihr unmissverständlich klar machen, dass er an einer engen Beziehung nicht interessiert war?

Er nahm sich vor, die nächste Möglichkeit zu nutzen, um diese unliebsame Situation zu bereinigen.

Als er aufgelegt hatte, ging er in die Küche und braute sich noch einen großen Becher mit starkem Kaffee und ging dann wieder auf seinen Balkon, setzte sich in den bequemen Korbsessel und versuchte, in sein Gedanken- und Gefühlswirrwarr ein bisschen Ordnung zu bringen.

Als er so dasaß, begann er zu frösteln, obwohl es die letzten Tage noch recht sommerlich war. Der beginnende Herbst ließ die Temperaturen am Abend schon ein wenig sinken.

Er holte sich eine Wolldecke, ging zurück auf den Balkon und machte es sich wieder gemütlich.

Aber in seinem Kopf schwirrten immer noch die verrücktesten Gedanken herum.

Das schöne Verhältnis zu Ortrun wollte er auf jeden Fall weiterführen. Er hatte das Gefühl, dass sie es auch genoss.

Aber die Situation mit Claudia, die ja kein sogenanntes Verhältnis war, da musste er wohl doch für klare Verhältnisse sorgen.

Er war, so meinte er, für so etwas einfach zu alt geworden. So etwas war ihm viel zu aufregend, denn es würde ja nicht bei einer Nacht bleiben, und an einer engen Beziehung war er nicht mehr interessiert.

Aus der Ehe mit seiner Frau, mit der er beinahe fünfzig Jahre verheiratet war, die er die letzten zehn Jahre, ihren sicheren und baldigen Tode vor Augen, rund um die Uhr gepflegt hatte, war nur ein krankes Herz geblieben.

Sein Arzt hatte ihm unmissverständlich klar gemacht, dass er nur mit der verschriebenen Medikation überleben könnte und dass er Aufregungen möglichst vermeiden sollte. Daran wollte er sich halten.

Den schon gefassten Beschluss, Claudia bei passender Gelegenheit seine Situation zu erläutern und ihr klar machen, dass, wenn sie mehr aus der Bekanntschaft machen wollte, er nicht der richtige Partner wäre. Neben seinem fehlenden Interesse an einer engen Beziehung musste sie doch einsehen, dass er vom Alter her leicht ihr Vater sein könnte.

Am nächsten Morgen rief Ortrun an und fragte, ob es bei Freitagnachmittag bleiben würde. „Ja, gerne", antwortete er und versicherte, dass es ihm passte und er sich schon auf ihren gemeinsamen Nachmittag freute.

„Sag einmal", kam dann eine weitere Frage, „wie du weißt, fahre ich dann, wenn wir uns verabschiedet haben, weiter zu meiner Oma, denn die wartet dann schon auf mich und ist wie immer dann schon neugierig, was wir unternommen haben. Willst du denn nicht doch einmal mitfahren, damit sie dich auch einmal kennenlernt?"

„Ich überlege mir das und sage dir Freitag Bescheid", antwortete er.

Er wollte nicht sofort zusagen, denn er meinte, er müsste sich das doch noch einmal überlegen.

Was war das, warum wollte die Oma ihn kennenlernen? Was kam da auf ihn zu?

War es nur die Besorgnis, dass ihrer Enkelin etwas zustieß? Wollte sie ihre Enkelin vor einer vielleicht weiteren Enttäuschung mit einem nicht wohlmeinenden Mann beschützen und ihn deshalb einmal in Augenschein nehmen?

Am Abend, als er auf dem Balkon saß, kam er zu dem Entschluss, ihr den Gefallen zu tun und mit ihr zu ihrer Oma zu fahren.

Was vergab er sich? Er hatte nichts zu verbergen, und es wäre auch gut, wenn er ihrer Oma klar machen würde, dass es bei ihrem Verhältnis von seiner Seite absolut keine unehrenhaften

Gründe gab, wenn er mit ihrer Nichte die Freitagnachmittage verbrachte.

Für ihn war es eine schöne und erfrischende Abwechslung, und er hatte Spaß daran, ihr so viel zu erzählen und zu erklären.

Es machte ihm außerdem Spaß, sie hier und da zum Essen oder zu Ausflügen einzuladen.

Sie war ja noch so jung und neugierig auf mehr und wollte viel mehr von Bremen kennenlernen.

Überhaupt hatte er den Eindruck, dass sie noch gar nicht so richtig gelebt hatte. Wohl nur Schule und Beruf.

Er bedauerte auch, dass sie gar keinen Freund hatte, mit dem sie all das Schöne dieser Welt sehen, hören und genießen konnte.

Und was war mit ihrer Mutter? War das zerrüttete Verhältnis nicht zu reparieren? Was war das für eine Mutter?

Wenn er nun ihre Oma kennengelernt hatte, konnte er sich vielleicht dafür einsetzen, die Familienmitglieder miteinander zu versöhnen. Sie verabredeten sich dann doch am Bremer Roland, direkt vor dem Rathaus. Er hatte vor, ihr den ältesten Stadtteil Bremens, mit zum Teil über fünfhundert Jahre alten Häusern, zu zeigen und ihr einige Geschichten über Alt-Bremen zu erzählen.

Der Freitag kam, und er freute sich schon auf das Treffen.

Am Morgen rasierte er sich gründlich und zog frische Kleidung und ein neues T-Shirt an.

So fein gemacht, frühstückte er ausgiebig. Er verzichtete auf seinen morgendlichen kleinen Rundgang.

Er wollte seine Kräfte für den Nachmittag schonen. Sicherlich trug die Erkenntnis dazu bei, dass er zunehmend, doch häufiger, einen gewissen Kräfteschwund feststellte, und schimpfte für sich auf sein Alter.

Er legte sich nach dem Mittagessen, es gab Rosenkohl mit einer Specksoße übergossen und Pellkartoffeln, noch ein wenig hin.

Es war wieder einmal ein schöner Spätsommertag, genau passend für sein Vorhaben. Nicht zu heiß, aber auch nicht das Gegenteil, gerade richtig für eine Stadtbesichtigung.

Pünktlich, er war mit der Straßenbahn gefahren, auch ein ungewohntes Gefühl, stand er am Roland zu Bremen, direkt vor dem uralten Rathaus, das nur noch für repräsentative Treffen und Sitzungen genutzt wurde.

Man konnte dieses Gebäude aus dem sechzehnten Jahrhundert auch besichtigen. Dafür hätte er sich schon rechtzeitig erkundigen müssen, wann diese Führungen stattfanden. Er war ein wenig ärgerlich, vorher nicht daran gedacht zu haben.

Aber aufgeschoben war nicht aufgehoben.

Er stand dort nicht lange, da sah er Ortrun schon von Weitem heraneilen. Sie trug ein flottes Sommerkleid, das im warmen Wind flatterte und ihre schlanke Figur schmückte. Vernünftigerweise hatte sie leichte, aber feste Schuhe angezogen, die für eine strapaziöse Besichtigungstour genau richtig waren.

Sie hatte ihn schon erblickt, und ein strahlendes Lächeln verschönte ihr Gesicht, das auch ohne jede Schminke schön anzusehen war.

„Wartest du schon länger, bin ich zu spät dran?", fragte sie und sah ihn prüfend an.

„Nein, nein, ich war zu früh dran, man kann das ja nicht so genau mit der Straßenbahn abpassen", anwortete er und fügte hinzu, „schön, dass du da bist. Wollen wir losmarschieren?"

„Ja, gerne, ich bin bereit."

„Aber bevor wir loslaufen: Willst du das Denkmal des armen Krüppels nicht ansehen, der uns den Bürgerpark, den du ja auch so liebst, geschenkt hat? Du stehst direkt davor", sagte er und deutete auf die Füße des Rolands. „Zwischen den beiden Füßen kannst du das Gesicht des Krüppels erkennen."

„O ja, der arme Mann, ich hätte das bestimmt übersehen, schön, dass du mich darauf aufmerksam gemacht hast. So etwas sollte man eigentlich als Bremer Bürger, wissen, schon gar, wenn man hier geboren ist."

Jetzt wies er sie auf das Rathaus hin und deutete auf einen Teil der Balkonbalustrade. „In dem einen Feld der Brüstung kann man eine Ente, die auf dem Nest sitzt, erkennen. Das hat mit der Entstehungsgeschichte Bremens zu tun", erklärte er.

„Vor über tausend Jahren sollen zwei Fischer die Weser mit dem Ebbstrom hinabgetrieben sein. Als sie eine Anhöhe an dem Flussufer sahen, auf der eine Ente ihr Nest gebaut hatte, meinten sie, wenn die sich dort vor der Flut geschützt fühlt, könnten sie dort auch sicher die Nacht verbringen. Sie legten am Ufer an, zogen ihren Kahn an Land, banden ihn fest und erklommen das hohe, sandige Ufer und schlugen dort ihr Nachtlager auf. Dieses Flussufer wurde Jahrhunderte später noch etwas erhöht und nennt sich heute Osterdeich."

„O ja, die Straße kenne ich, dort fahre ich jeden Morgen zur Arbeit", sagte Ortrun.

„Und was meinst du", fragte er sie nun, „wo du dich jetzt gerade befindest? Auf diesem Platz, auf dem der Dom und das Rathaus sowie das hässliche Parlamentsgebäude stehen, befand sich dieser höchste Punkt des Weserufers.

Man muss wissen, dass Bremen von Sümpfen und Brachland umgeben war und nur hier geeigneter Untergrund zu finden war, und so entstand hier der Stadtkern der Stadt. Das alte Bremen befindet sich aber ein wenig weiter östlich des Doms und etwas tiefer. Der Adel und die Kirche beanspruchten immer schon die besten Plätze auf der Welt.

Aber jetzt zeige ich dir ein paar Besonderheiten, die aus der Historie, genauso wie die Geschichte mit dem Krüppel, überliefert sind."

Sie gingen um das alte Rathaus östlich und zwischen Dom und Rathaus herum und gelangten auf den großen Platz, der sich Domshof nannte, und standen dann an der Südseite des Doms. Hier zeigte er ihr einen riesigen Pflasterstein, der viermal so groß wie die übrigen war.

Auf diesem Pflasterstein war ein Kreuz zu sehen.

„Dieser Stein nennt sich im Volksmund der ‚Spuckstein.' Der heißt so, um jeden Bürger der vorbeikommt, aufzufordern, hier auf diesen Stein zu spucken."

„Warum das denn? Das ist ja ekelig", meinte Ortrun.

„Hier an dieser Stelle wurde im Mittelalter eine Frau geköpft, sie hieß Gesche Gottfried, die ihren Mann und sieben Kinder vergiftet hat, und das ist doch ein Grund, auf diesen Stein zu spucken, um seine Verachtung und Ekel zum Ausdruck zu bringen."

„Okay", meinte Ortrun, „jetzt verstehe ich das. Ich bin sofort bereit, auf den gekreuzten Stein zu spucken." Und sie tat das dann sofort.

Nun gingen sie zurück und umrundeten den Dom und standen auf dem Platz, der sich Domsheide nannte. Sie gingen weiter und standen vor einem riesigen Gebäude, das ein Postamt war. Auch dieses Gebäude umrundeten sie und waren am Eingang zu dem uralten Stadtviertel Bremens, das „Schnoor" genannt wurde.

Ortrun staunte über die kleinen, meist nur maximal fünf Meter breiten Häuser, die aber meist ein Dachgeschoss aufwiesen. Das war wirklich wichtig, da die Weser doch schon mal über die Ufer trat und man so im Obergeschoss sicher war.

Diese Häuser wurden meist schon um Fünfzehnhundert errichtet. Die Straßen hier in diesem Viertel ließen nur einen Pferde- oder Ochsenkarren durch, so schmal waren sie. Eine weitere Attraktion war eine noch schmalere Gasse, die man nur als Durchgang bezeichnen konnte. Dieser Durchgang war so schmal, dass man ihn nicht mit ausgestreckten Armen durchqueren konnte – und schon gar nicht zu zweit.

Ortrun war erstaunt und begeistert und konnte nicht genug von der Besichtigung bekommen.

Jetzt blieben sie vor einem Haus stehen, das ein Restaurant beinhaltete. Er nahm sie bei der Hand, und sie betraten das Haus.

Eine steile Treppe führte hinauf in das Restaurant, und schon bald musste man den Kopf einziehen, denn die Räumlichkeiten waren nur für wirklich kleine Menschen gebaut. Die Menschen im Mittelalter waren eben damals nicht größer, das konnte man auch an den Haustüren der meisten Häuser sehen. Dieses Restaurant hieß „Autspann" und wurde in der alten Zeit meist von den Kutschern, die von weit herkamen und nach langer Fahrt ihre Pferde ausspannen und versorgen mussten, genutzt.

Diese Kutscher und Fuhrknechte sehnten sich, nachdem die Pferde versorgt waren, selber nach Speis und Trank. Natürlich kamen auch Schnoorbewohner, die es sich leisten konnten, hierher und besuchten dieses Restaurant.

Wie beiläufig schaute sie auf ihre Uhr und sagte dann:

„Hier möchte ich noch einmal herkommen und mir alles noch einmal ansehen, aber es ist spät geworden und meine Oma wartet bestimmt schon auf mich.

Sie hat mich schon ein paarmal gebeten, dich doch einfach mal mitzubringen. Willst du nicht mitkommen? Sie ist sehr gespannt auf dich und würde sich bestimmt freuen."

Er überlegte einen Augenblick, dann sagte er: „Ach, heute würde es mir nicht passen, denn ich bin schon ein wenig müde vom Herumlaufen."

Sie akzeptierte seine Aussage und meinte: „Aber irgendwann musst du mal mitkommen, sonst spricht meine Oma nicht mehr mit mir. Sie meint, ich würde es immer wieder vergessen, dich zu bitten mitzukommen.

So strebten sie zu den Straßenbahnhaltestellen und stiegen dann in unterschiedliche Linien ein.

Er war froh dieser Sache entkommen zu sein, denn er war wirklich ein wenig erschöpft.

In seiner Wohnung angekommen, machte er sich frisch, und nachdem er saloppe Kleidung angezogen hatte, kochte er sich einen strammen Kaffee und ließ sich auf dem Balkon in seinen Sessel plumpsen.

Hier atmete er tief durch und meinte bei sich, dass das alles ihm eigentlich schon viel zu viel war.

Einerseits wollte er nicht akzeptieren, dass er schon so alt war. Er bildete sich ein, dass er all das, was er im Augenblick so um die Ohren hatte, auch wollte.

Dann aber meldete sich sein Körper und machte ihm klar, dass es so nicht weitergehen konnte und er einen Gang zurückschalten sollte.

Etwas zur Ruhe gekommen, sagte er zu sich: „He, alter Junge, für das, was du schon alles in deinem langen Leben erlebt und ertragen hast, bist du eigentlich noch ganz gut drauf. Du darfst es nur nicht übertreiben und must dir immer wieder genügend Ruhephasen gönnen."

Dann fiel ihm ein, dass er ja noch einen Tisch für Sonntagabend im Emma-Restaurant bestellen und anschließend Claudia diesen Termin noch bestätigen musste.

Er schalt sich einen alten Narren, dass er das schon wieder vergessen hatte.

Er ging zurück in sein Wohnzimmer, schnappte sich das Telefon und rief das Restaurant an.

Seine Sorge, zu spät angerufen zu haben, erwies sich als unbegründet. Er hatte den Ober gleich am Telefon, der ihn kannte, denn sie hatten sich, wenn nicht so viel zu tun war, gerne ein wenig miteinander unterhalten. „Ich brauche einen schönen Tisch am Sonntagabend so gegen sieben oder noch besser um acht Uhr, für zwei Personen. Wenn das Wetter es zulässt, würde ich den Tisch auf der Seeterrasse, an dem ich immer gerne sitze, für den Abend haben. Es muss schön sein, dort auf der romantisch beleuchteten Terrasse lecker zu essen."

„Oh", antwortete der Kellner, „das wird schwierig, aber ich will sehen, was ich für Sie tun kann, ich rufe Sie in einer Viertelstunde zurück."

Er legte auf und hoffte, dass die bisher bezahlten Trinkgelder sich jetzt auszahlten.

Die Viertelstunde war noch nicht verstrichen, da rief der Ober wieder an und sagte: „Für einen solch guten Kunden wie Sie machen wir alles möglich. Sie haben Glück, Ihren Tisch können wir für 20:00 Uhr reservieren. Und sollte es regnen, habe ich alternativ einen ebenso schönen Tisch am Fenster mit Blick auf den Teich für sSe fest eingeplant und freue mich auf Ihren Besuch. Soll ich irgendetwas arrangieren, zum Beispiel ein Blumengesteck?"

„Nein, nein, es ist zwar eine attraktive Dame, mit der ich essen will, aber ich will alles vermeiden, was außer dem Essen auf mehr hindeutet. Es ist eine gute Bekannteund nicht mehr, aber ich danke Ihnen für das Angebot."

Er bedankte sich und legte dann den Hörer auf.

Einen Augenblick lang überlegte er sich sein weiteres Vorgehen, griff abermals zum Hörer und rief Claudia an. Sie war sofort am Telefon, und er hatte den Eindruck, dass sie nur auf seinen Anruf gewartet hatte.

„Hier ist Rolf, Claudia, ich habe für Sonntagabend einen Tisch im Emma-Restaurant um 20:00 Uhr bestellt, ich hoffe, dass dir dieser Termin gefällt."

„Rolf, das ist schön, obwohl ich gerne für dich gekocht hätte, aber das müssen wir noch einmal nachholen, ich rechne fest damit. Ist gut, wir machen das so. Wann holst du mich ab?"

„Ich komme mit dem Wagen so um 19:30 Uhr, denn ich will nachts nicht durch den ganzen Bürgerpark laufen. Wir fahren an die Findorffseite des Parks und haben dann nur einen recht kurzen Weg durch den Park."

„Ja, gerne, ich freue mich schon auf dich und den schönen Abend. Hast du heute nach dem Essen noch etwas vor?"

Ui, wieder so ein Angriff, und er scheute sich, sie vor den Kopf stoßen, sondern sagte wahrheitsgemäß: „Ich bin den ganzen Tag durch die Gegend gelaufen und bin jetzt einfach zu müde, um noch etwas zu unternehmen."

„Schade, wäre bestimmt schön gewesen, aber ich wünsche dir eine gute Nacht und angenehme Träume."

Dann legte sie auf.

Er nahm sich fest vor, ihr bei passender Gelegenheit, mit aller Vorsicht, klar zu machen, dass er nicht an einer späten Liebesgeschichte interessiert war. Gerne eine Freundschaft in allen Ehren, aber kein Abenteuer mit Fortsetzung.

Der Sonntag kam, er hatte länger geschlafen als üblich und machte sich dann in aller Ruhe fertig, bereitete sein Spezialfrühstück, da er nicht zum Mittagessen aufgelegt war. Diese Spezialfrühstück bestand, wie bei ihm üblich, aus ausgelassenen Speckstreifen, die man in den USA „Bacon" nannte, dann kamen zwei Spiegeleier, die von beiden Seiten gebacken wurden, dazu. Zwei Scheiben Toast, die mit gekochtem Schinken und einer Käsescheibe belegt und dann zusammengeklappt wurden. Ein bis zwei Becher mit starkem Kaffee rundeten das Frühstück ab.

Seine zweite Tasse Kaffee nahm er auf dem Balkon ein, wenn das Wetter es zuließ, denn seine Zigarren durften dann auf keinen Fall fehlen, und das Rauchen in der Wohnung kam für ihn nicht infrage.

Wenn er sich solch ein Frühstück zubereitete, erwachten uralte Erinnerungen.

Er sah sich und seine damalige Familie auf Reisen in den USA, genauer gesagt in Kalifornien und den Nachbarstaaten Oregon, Nevada, Utah und Arizona.

Auf wochenlangen Rundtouren sahen sie viele schöne, aber auch stark beeindruckende Landschaften.

Schöne grüne Täler, beeindruckende Wälder mit den sogenannten Mammutbäumen und riesige Wüsten, in denen nur Kakteen und sogenannte Sagesträucher gedeien konnten.

Gerne, sie wohnten dann bei seinem Cousin und seiner Frau, einer Halbindianerin, luden sie die beiden zum Frühstück in ein Restaurant ein. Hier gab es eine Menü-Zusammenstellung, die wie folgt aussah:

Frenchtoast-Scheiben, Corned Beef Hash, Hash brown, einige Scheiben Bacon und Spiegeleier, von beiden Seiten gebraten, leckere Marmelade, die Boysenberry hieß, und einige Becher Kaffee.

Was ihm im Vergleich zu deutschen Restaurants besonders positiv dort drüben auffiel, war, dass man sofort beim Betreten des Restaurants in Empfang genommen und zu einem freien Tisch geführt wurde, der dann selbstredend abgeräumt und gereinigt war.

Sofort, man saß kaum dort, bekam man ein großes Glas kühles Wasser mit einer Zitronenscheibe, die selbstverständlich als Begrüßung verstanden wurde. Dieses Wasser wurde dann nicht berechnet.

Nach höchstens zwei bis drei Minuten erhielt man dann die Speisekarte und wurde gefragt, ob man schon einen Kaffee haben wollte.

Der wurde dann ohne Aufforderung ständig nachgefüllt, wenn man nicht „danke, es reicht" sagte.

Überhaupt konnte das Servicepersonal in Deutschland vom Personal in Kalifornien noch sehr viel lernen. Dort war der Kunde wirklich noch König.

Später fand er dann eine Erklärung für das ausgesucht höfliche Verhalten der Bedienung. In den USA herrschte das Prinzip „hire and fire", also problemloses, schnelles Einstellen einer Person. Aber schon bei dem geringsten Grund ein schnelles fristloses Entlassen. Also neben dem Wunsch auf ein Extratrinkgeld auch die Befürchtung einer schnellen Entlassung. Ob das heute noch so war, war nicht sicher, aber gut möglich.

Allerdings war es damals schon üblich, zehn Prozent Trinkgeld zu geben, was man wegen des guten Services, manchmal der runden Summe wegen, auch gerne mehr gab.

So gestärkt, konnte damals der Tag, der mit vielen Besichtigungen gefüllt war, beginnen. Zurück zur aktuellen Situation.

Nach dem Frühstück schaute er nach seinem Wagen. Der stand in der Garage und sprang sofort beim ersten Versuch an.

Er füllte auch noch die Scheibenwaschanlage mit dem handelsüblichen Gemisch auf. Heutzutage, dank der intensiven Landwirtschaft, gab es ja kaum noch Insekten, die die Windschutzscheibe verunreinigten.

Letztlich würden die Menschen die Umwelt so belasten und die Landwirtschaft die Böden und das Grundwasser so verunreinigen, dass reines Wasser ein unbezahlbares Gut werden würde.

War der Mars so unbewohnbar geworden, möglicherweise durch vorgenannte Verunreinigungen oder einfach nur durch Kriege?

Es gab auf der Welt so viele Despoten, die einen roten Knopf zur Verfügung hatten, mit denen sie nicht nur die aktuellen Verbrechen begingen, sondern auch die Welt auslöschen konnten.

Dann kam der Abend. Er hatte sich noch einmal gründlich erfrischt, ging in die Garage, setzte sich in sein Auto und fuhr pünktlich vor dem Haus, in dem Claudia wohnte, auf den Parkstreifen. Sie stand schon in der Haustür und kam jetzt auf den Wagen zu.

Er stieg aus und öffnete ihr die Beifahrertür, wie es sich für einen Gentleman gehörte. Sie stieg mit einem aufreizenden Lächeln ein, und als er sich an das Steuer setzte, umhüllte ihn wieder dieser verführerischer Duft, den er schon bei Ortrun bemerkt hatte.

Sie saß jetzt neben ihm auf dem Beifahrersitz, beugte sich zu ihm herüber und hauchte ihm einen Kuss auf die Wange. „Danke für die Einladung, ich freue mich schon auf das leckere Essen."

Er reagierte nicht auf diesen Angriff und fuhr ohne jeden Kommentar los.

Schon bald waren sie hinter dem Bürgerpark direkt am Torfkanal angelangt, wo er den Wagen abstellte.

Als sie den Wagen verlassen hatten, nahm er das Geräusch von hohen Absätzen wahr und passte sein Gehtempo ihren Möglichkeiten an.

Sie hakte sich bei ihm unter, und bald hatten sie wortlos die wenigen Meter bis zum Restaurant zurückgelegt.

Der Kellner erblickte die beiden sofort und kam ihnen mit einem Lächeln entgegen.

Er geleitete sie an einen schönen Tisch direkt am Wasser mit herrlichem Ausblick auf das Gewässer, das sich Emmasee nannte.

Das Wetter war an diesem Tag, obwohl sich der Sommer schon in Richtung Herbst neigte, noch sehr schön, und so konnte man den lauen Abend im Freien genießen.

Es dauerte nicht lang und vor ihnen lag die Speise- und Getränkekarte. Der Alte fragte: „Claudia, was möchtest du zum Essen trinken? Oder willst du erst die Speisen auswählen, um dazu das passende Getränk zu bestellen?" Für ihn stand die Auswahl von vornherein fest, er hatte in diesem Restaurant schon einmal ein herrliches Rumpsteak gegessen – und das sollte es heute Abend wieder sein. Dazu hatte er sich einen leichten Rotwein gedacht, wartete aber mit seiner Bestellung, bis seine Begleitung ebenfalls etwas gefunden hatte.

Sie entschied sich für ein Schnitzel und eine Gemüsebeilage, als Getränk einen Rosé.

Der Ober betonte, dass sie eine wunderbare Auswahl getroffen hätten, was der Alte aber nur als Höflichkeitsfloskel zur Kenntnis nahm.

Er eröffnete das Beisammensein, um das eingetretene Schweigen aufzulösen, mit der Frage nach ihrem Eindruck von seinen Büchern, denn sie wäre ja in dieser Sache eine Expertin.

„Willst du die Wahrheit oder eine höfliche Antwort haben?"

„Die Wahrheit natürlich."

„Na ja, es ist eine schlichte Erzählung die, meines Erachtens nach, in einigen Passagen ein wenig belehrend wirkt, aber sonst gut zu lesen ist. Du hast viel Schreckliches erlebt, aber in deinem Buch werden die Leser hin und her gezogen. Frauen werden dir teilweise nicht folgen, Männer dagegen stimmen mit dir überein. Dass dich diese Ereignisse stark haben reifen lassen, kann ich nachvollziehen. Aber wie denkst du denn heute über deine Bücher?"

„Ach, weißt du", antwortete er, „ich habe die Bücher ja nicht in jungen Jahren geschrieben, sondern erst in den letzten zehn Jahren. Ich hatte den Wunsch, einfach einmal den Kopf von den vielen Erinnerungen zu befreien und zu entlasten, habe aber festgestellt, dass sie immer voll anwesend sind. Ich wollte jungenMenschen, die heute ziemlich locker, ja, so fühle ich, verantwortungslos dahinleben, nahebringen, dass esleicht einmal anders sein könnte, auch dank einiger Politiker in dieser rasend dahintreibenden Welt.

Außerdem weise ich darauf hin, wie du sicherlich schon bemerkt hast, dass mein Buch, obwohl bezahlt, nie ein Lektorat gesehen hat, was ich für eine ausgesprochene Unehrlichkeit empfinde."

„Ja, okay, habe ich verstanden, aber ich denke, wir sollten das an einem anderen Tag, an einem anderen Ort ausdiskutieren, heute möchte ich diesen Abend genießen."

„Danke für die Blumen", konnte er sich nicht verkneifen zu sagen, hob das Glas und prostete ihr zu.

Sie erfasste seine andere Hand und sagte: „Sei mir nicht böse, aber ich genieße diesen Abend in deinem Beisein und da wollte ich keine schwerwiegenden Diskussionen führen, sondern einfach das Umfeld und die Situation fühlen und auf mich wirken lassen."

Die beiden genossen das Essen und den leckeren Wein, aber irgendwie wollte keine angenehme Stimmung aufkommen, und jeder, so schien es, überließ den anderen seinen Gefühlen.

Nach einer geraumen Weile des Schweigens, dachte er, irgendetwas müsste er noch sagen, denn sie konnten ja nicht den ganzen Abend schweigen, und sie trug ja auch nicht zum Gelingen des Abends bei.

Er erzählte ihr, dass er bereits viele Male auf seinen Spaziergängen durch den Bürgerpark hier eine Rast eingelegt hatte und sich mit einem kühlen Getränk erfrischt hatte.

Gern bevorzugte er diesen Platz, an dem sie saßen, denn man hatte eine schöne Aussicht, und hier an der Wasserkante wehte meist ein leichter, kühlender Wind.

Sie reagierte eigentlich gar nicht, außer dass sie mit dem Kopf nickte. Aber das Kopfnicken wurde von einem, wie auch immer einzuordnenden, Lächeln begleitet.

„Okay, okay, dann soll es eben so sein", dachte er bei sich.

Da sie mit dem Essen fertig waren und kein Dessert haben wollten, fragte er, ob er sich eine Zigarre anzünden dürfte. In dieser Situation hätte er es auch ohne ihre Zustimmung getan, aber sie stimmte mit „ja, warum nicht" zu.

Als er sich genüsslich seine Zigarre anzündete, kramte sie in ihrer Handtasche und ein kleines silbernes Etui kam zum Vorschein, dem sie eine Zigarette entnahm, ihn ansah und fragte, ob sie auch rauchen dürfte.

Er stimmte nur der Form halber zu, und so rauchten sie gemeinsam vor sich hin, und er hatte kein Bedürfnis, weitere Versuche einer Konversation zu starten.

Dann kam sie aber doch noch aus ihren Gedanken heraus und berichtete ihm, dass sie ihre Tochter, zu der sie seit Jahren keinen Kontakt mehr hätte, in der Stadt gesehen hätte. „Es hat mir wehgetan und ich denke mir, ich sollte einfach einen Versuch starten, den Kontakt wiederzubeleben. Was denkst du zu diesem Thema?"

„Um mir eine Meinung zu diesem Thema, das ich nur zu gut kenne, zu bilden, müsste ich die Hintergründe, die zu der Trennung geführt haben, erfahren."

„Wieso kennst du dieses Thema?", fragte sie zurück.

„Ach", sagte er, leicht stotternd, „das Problem liegt mehr als fünfzig Jahre zurück.

Meine Tochter hatte in ihren jungen Jahren mehrere nette Freunde, entschied sich aber dann für einen Mann, der verheiratet war und ihr von der Bildung her absolut nicht das Wasser reichen konnte."

Ich konnte mir keinen Reim darauf machen, was sie an diesem Mann so toll fand. Auch waren da so einige Hintergründe, die meine Frau und mich mehr als besorgt sein ließen. Aber anstatt unsere Bedenken, die wir ihr offenbarten, für sich zu behalten, hat sie ihm das alles erzählt.

Sie heiratete ihn dann trotzdem, nachdem er schnell, auf wundersame Art und Weise, geschieden war. Er wurde dann mehrfach beruflich versetzt, und bald waren dann Kinder da.

Wir haben ihnen dann mehrfach, nicht unerheblich, finanziell helfen müssen, denn da lief nicht alles zum Besten. Den größten Fehler, so meinten wir, hatte er begangen, sofort nach seiner Versetzung nach München und der beruflichen Besserstellung, ein viel zu großes und zu teures Haus zu kaufen. Wenn wir sie dann immer wieder besuchten, kam es jedes Mal am zweiten Tag unserer Anwesenheit zu extremen Wutausbrüchen, und wir konnten uns der Vermutung nicht erwehren, dass er im Hintergrund schürte. Er wurde ja nach Bayern versetzt und kaufte, ohne sie zu fragen, das Haus, das dann nur auf seinen Namen eingetragen war.

In der Folgezeit mussten wir dann einen Teil der aufgenommenen Schulden durch Ablösung einer Hypothek übernehmen, denn die Zinslast war für ihr Einkommen viel zu hoch. „Viele Male beschwerte sie sich dann am Telefon über sein Verhalten. Sie war sich auch ziemlich sicher, dass er sie bei passender Gelegenheit betrog.

Wir rieten ihr dann, weil die erzählten Probleme doch schwerwiegend waren, in ihr Elternhaus zurückzukommen, wenn es gar nicht zu ertragen war. Anstatt diese Anrufe und unsere Reaktion für sich zu behalten, war sie so dumm, ihm dann, vermutlich am Abend im Bett, von unseren Ratschlägen zu erzählen, was nicht zur Verbesserung des Verhältnisses führte.

Diese Wutausbrüche gipfelten dann mehrfach darin, dass sie sich von uns lossagte und speziell mir sagte, dass sie keinen Vater mehr hätte und mich nie wieder sehen wollte.

Als wir dann auch noch unsere regelmäßigen Zahlungen an sie und ihre Kinder einstellten, hörten wir nie wieder etwas von ihr."

„Oh, wie schrecklich", stöhnte Claudia und fügte hinzu, dass das mit ihrer Tochter nicht so extrem wäre, aber letztlich zu dem gleichen Ergebnis geführt hätte.

„Bei uns war auch ein Mann im Spiel, und letztlich hatte ich recht mit meiner Vermutung, dass der nichts taugte, und es führte dann bald zu einer Trennung. Sie ist Krankenschwester und lebt allein, scheint aber recht gut allein zurechtzukommen. Soweit ich weiß, hat sie aber einen recht guten Kontakt zu meiner Mutter, ihrer Oma.

Leider habe ich auch keinen Kontakt mehr zu meiner Mutter, wir haben uns entzweit, weil ich immer gerne erfahren wollte, wer mein Vater ist. Da sie aber darüber immer schwieg und mir nie etwas über meine Entstehung sagen wollte oder konnte, kam es auch hier zu einer Entfremdung."

„So," sagte er, „jetzt haben wir unsere beiden Seelenmülleimer ausgeleert. Wir haben einige Gemeinsamkeiten.

Ich für meinen Teil", fügte er hinzu, „habe mich damit abgefunden, keine Familie mehr zu haben. Habe viel durchmachen müssen, eine miserable Kindheit gehabt, weil meine Mutter mich schon als Säugling weggegeben hat. Habe mich dann selber am Schopf herausgezogen, habe unendlich viel für meine Familie getan und nur Fußtritte und Sorgen geerntet. Ich bin damit ein für alle Mal durch. Ich bleibe lieber allein, da ficht mich nichts an, da kann ich unbehelligt so leben, wie es mir gefällt", schloss er seine Schilderung. „Ich weiß nicht, wie schwer du mit deinen Familienerlebnissen tragen musst. Wenn es dich belastet",sagte er, „dann musst du versuchen, es ins Reine zu bringen, möglicherweise besteht ja bei dir noch die Möglichkeit."

„Harmonie ist natürlich fürs eigene Seelenleben das Beste. Werde darüber nachdenken. Und was ist mit dir?"

„Ach", sagte er, „bei mir ist Hopfen und Malz verloren, es hat alles so wehgetan, dass ich auf keinen Fall eine Fortsetzung brauche, das würde mich frühzeitig ins Grab bringen.

Aber wir sollten diesen schmerzlichen Pfad verlassen und uns den Abend nicht verderben lassen", schloss er das Thema ab.

„Was hältst du davon, wenn wir uns noch eine Flasche Wein gönnen?", fragte sie.

„Eigentlich gern, aber ich muss ja noch Autofahren und dich heil nach Hause bringen, aber wenn du möchtest, bestell dir doch einen Cocktail, ich nehme dann ein Alsterwasser."

„Du kennst dich doch sicherlich als ehemaliger Steward mit Cocktails besser aus. Was kannst du mir denn empfehlen?"

„Wie hättest du es denn gern, feurig, leicht, süß, sauer oder frisch?"

„Ach, irgendetwas Frisches, aber mit leichtem Pfiff", antwortete sie und sah ihn lächelnd an.

„Ich sehe mal in die Karte, was die so anbieten", sagte er und studierte die Getränkekarte, die der Ober auf sein Zeichen schnell herbeibrachte.

„Ach ja, hier steht ein Flamingo, etwas Opulentes, oder ein Ginfizz, etwas Frisches und auch sehr lecker, kann ich ebenfalls empfehlen."

„Ach", meinte sie, „bestell mir doch einfach etwas Leckeres." Er bestellte ihr einen Flamingo, weil der optisch ja etwas mehr hermacht. Er selbst nahm noch ein Alsterwasser.

Als der Ober das Bestellte brachte, war sie freudig überrascht, den der Flamingo-Cocktail machte ja optisch sehr viel her.

Sie hob das Glas, sagte „Prost" und nippte an dem Getränk. „Hmmm, lecker, den muss ich mir merken, ich kenne mich ja mit dieser Art Getränken nicht so aus."

Der Abend wurde mit leichten Gesprächsthemen noch ganz nett und ließ das anfängliche Thema schnell vergessen oder zumindest in den Hintergrund verschwinden.

Es war schon spät, als er zahlte. Als sie sich auf den Weg zum Auto machten, war es mittlerweile schon Mitternacht, und beide waren guter Laune.

Die Wege waren vom Mond erhellt, und während sie so gingen, hakte sie sich bei ihm ein und schmiegte sich an ihn.

Erst wollte er sich von ihr lösen, doch dann dachte er, möglicherweise hatte sie Angst so im dunklen Park, aber dann erreichten sie sein Auto und stiegen ein.

Als sie im Auto saßen, legte sie eine Hand auf die seine, die die Schaltung bediente, und sagte: „So einen schönen Abend habe ich noch nie gehabt, so etwas müssten wir viel öfter machen, ich bin dir dafür sehr zu Dank verpflichtet und möchte mich dafür revanchieren."

Er hatte das Gespräch vom Anfang des Abends noch im Kopf und ließ ihn, trotz dieser zärtlichen Berührung, nicht mehr los.

Ortrun hatte ihm doch gesagt, dass sie regelmäßig ihre Oma besuchte, die mit ihrer Tochter im Clinch lag, und sie selber hatte keinen Kontakt mehr zu ihrer Mutter, weil die versucht hatte, ihr den Freund schlecht zu machen.

Und nun hatte Claudia ihm doch erzählt, dass sie keinen Kontakt mehr zu ihrer Mutter und auch nicht zu ihrer Tochter hatte.

Claudia hatte auch erzählt, dass der Streit mit ihrer Mutter, also möglicherweise Ortruns Oma, darin bestand, dass ihre Mutter ihr nicht erzählen wollte, wer ihr Vater wäre. Weiterhin hatte sie doch gesagt, dass ihre Tochter eine Krankenschwester wäre.

Sollte sich hier ein Kreis schließen, der bisher aus Bruchstücken bestanden hatte? Sie fuhren zu Claudias Adresse, und er hielt direkt vor dem Haus. Sie saßen dann wortlos im Auto.

Als er den Motor abgestellt hatte, beugte sie sich zu ihm herüber, nahm seinen Kopf in beide Hände, und ihr inniger Kuss, nicht vorsichtig zärtlich, sondern aus seiner Sicht wild und fordernd, überraschte ihn völlig. „Komm doch mit herauf, wir könnten den Abend doch noch ausklingen lassen, ich koche uns einen Kaffee und wir machen es uns noch ein wenig gemütlich."

Er war hin- und hergerissen. Auf der einen Seite eine reife Frau, die ihn wild begehrte, auf der anderen Seite irgendetwas, das ihn jedes Mal, wenn er mit Claudia zusammen war, davon abhielt, ihrem Verlangen nachzukommen.

Wenn er ein paar Jahre jünger gewesen wäre und noch im Vollbesitz seiner Männlichkeit, hätte er jetzt und auch schon bei ihrem letzten Zusammensein die Gelegenheit genutzt und bestimmt eine wunderschöne Liebesnacht erlebt.

Er riss sich zusammen, nahm ihre beiden Hände, die noch seinen Kopf hielten, und sagte: „Wie du weißt, liebe Claudia, bin ich ja nicht mehr der Jüngste und so bin ich von dem wunderschönen Abend einerseits sehr angetan, andererseits aber recht müde. Ich möchte mich jetzt von dir verabschieden. Sei bitte nicht böse oder traurig, aber der Abend war schön, und ich möchte jetzt zur Ruhe kommen."

Sie saß da neben ihm, sank, so hatte es den Eindruck, in sich zusammen und schlug beide Hände vor ihr Gesicht. Ein unterdrücktes Schluchzen ließ ihren Körper erbeben. Dann, kaum verständlich, hörte er: „Ich fühle mich so sehr zu dir hingezogen und denke, ich habe mich einfach nur in dich verliebt, ich kann auch nichts dafür."

Er überlegte einen Augenblick, dann sagte er: „Ach, Claudia, du solltest dein Gefühl der Dankbarkeit zu mir, dafür dass ich dich aus einer misslichen Lage befreit habe und für diesen schönen Abend, nicht mit Liebe verwechseln.

Ich bin doch wirklich ein sehr alter Mann, ich könnte leicht dein Vater sein, und unsere Beziehung würde doch keinen soliden Bestand haben. Lass uns doch, so lang es geht, recht gute Freunde sein.

Wir können gern öfter einmal etwas unternehmen, aber an einer Liebesbeziehung bin ich, obwohl du eine wirklich attraktive und wunderschöne Frau bist, aus Altersgründen nicht mehr interessiert. Du würdest über kurz oder lang enttäuscht sein und deinen Schritt bedauern.

Lass es bitte dabei bewenden, wir hatten doch einen informativen und angenehmen Abend, der doch sicherlich beiden von uns gut getan hat. Wann hat man mal die Gelegenheit, mit einem vertrauten Menschen offen über seine Gefühle zu sprechen, ohne dass daraus jemand Kapital schlägt.“

Sie sah ihn mit großen Augen, in denen Tränen zu sehen waren, an, und sagte erst einmal gar nichts.

Dann nach einem Augenblick sagte sie mit belegter Stimme: „Schade, ich habe mich wirklich in dich verliebt und erträumte mir eine himmlische Nacht. Wollen wir es denn wirklich nicht miteinander versuchen?“

„Ach, liebe Claudia, lass es doch dabei bewenden, es führt garantiert nicht zu einem schönen Ende“, sagte er und stellte den bereits angelassenen Motor wieder ab.

Er stieg aus, ging um den Wagen herum und öffnete ihr die Tür zum Aussteigen. Sie stieg schweigend aus, stand vor ihm und sah zu ihm auf, sagte leise „danke“, streckte sich, und ehe er sich versah, drückte sie ihm einen warmen Kuss auf, drehte sich um und war nach wenigen Schritten an ihrer Haustür angelangt, schloss auf und war verschwunden.

Er stand noch einen Augenblick an seinem Auto, stieg dann aber wieder ein und fuhr nach Hause, stellte den Wagen ab und betrat nach wenigen Schritten seine Wohnung.

Er betrat den Balkon, starrte in die Dunkelheit, lauschte in die Stille hinein und hörte von Weitem den Ruf eines Käuzchens.

Dann zündete er sich eine seiner Zigarren an und dachte noch einmal über den Abend nach.

Verdammt noch mal, warum begegnete einem eine solche tolle Frau nicht ein paar Jahrzehnte früher?

Er versuchte zu analysieren, wie alt Claudia sein mochte. Was er so aus ihren Gesprächen herausgehört hatte, musste sie so um die sechzig Jahre alt sein.

Oder täuschte er sich und sie war erst Ende fünfzig?

Da sie kaum Alterserscheinungen im Aussehen aufwies, konnt man sie nur sehr schlecht einschätzen.

Auf jeden Fall war sie ein reife, begehrenswerte Frau. Er konnte sich auch nicht erklären, warum er nicht nachgegeben hatte.

Hatte er nur die Befürchtung, als Mann zu versagen? Oder war da etwas anderes, Unerklärliches, das ihn zurückhielt?

Er paffte vor sich hin.

Nachdem er seine Zigarre geraucht hatte und der Abend nicht wirklich kühl war, wendete er sich um und betrat seine Wohnung, kochte sich eine Tasse Kaffee, mit der er wieder auf den Balkon ging.

Er konnte wirklich nicht schlafen, zu viel ging ihm durch den Kopf. War er ein Narr, der sich eine so traumhaft schöne Nacht mit dieser attraktiven Frau entgehen ließ.

„Ist schon besser so", dachte er. „Wer weiß, wie es abgelaufen ware." So machte er auf jeden Fall nichts verkehrt.

Er schlürfte seinen starken Kaffee und rauchte noch die eine oder andere Zigarre, bevor er ruhiger wurde, den Balkon verließ und nach einer Katzenwäsche seinem Bett zustrebte.

Er schlief nicht gut, wilde Träume schwirrten durch seinen Kopf, und am Morgen fühlte er sich wirklich nicht sehr gut.

Er hörte erst einmal einige Tage gar nichts von Claudia, aber umso mehr freute er sich über den Kontakt mit Ortrun.

Sie rief am Dienstagmorgen an und meinte: „Wollte mal eben hören, wie es dir geht, und ob es bei Freitag bleibt. Hast du dir schon etwas vorgenommen? Oder wollen wir noch einmal in den Schnoor, diesem wirklich sehr alten Stadtviertel von Bremen? Ich bin sicher, dass ich nicht alles gesehen habe und würde gern einmal in der urtümlichen Gaststätte, die, so erinnere ich mich, „Autspann" heißt, etwas zu mir nehmen."

Er antwortete, nachdem er sich für den Anruf bedankt und ihr gesagt hatte, dass er sich freute, von ihr zu hören: „Wollen mal sehen, ich denke bis Freitag darüber nach."

„Und da ist noch etwas", fügte sie hinzu. „Als ich zuletzt bei meiner Oma war, hat sie mich noch einmal auf dich angesprochen. Sie würde dich wirklich gern einmal sehen und meinte, es könnte sein, dass sie dich von früher her kennt. Sie zeigte mir dein Bild, das in deinem Buch abgebildet ist, und meinte, sie habe jemanden gekannt, der so wie du aussieht.

Sie meinte, dass sie früher in sehr jungen Jahren öfter in Bremen war und in einer Musikkneipe von einem Jungen namens Horst Ihlbrock zu einer Party mit mehreren Jugendlichen eingeladen worden sei. Es könnte sein, dass sie dich dort getroffen habe. Sie sei allerdings nicht sicher, sie könnte sich auch irren. Ich soll dich fragen, ob du diesen Horst Ihlbrock kennst und ob du auf einer solchen Party in der Hollerallee am Bürgerpark mal gewesen bist."

Einen Augenblick zögerte der alte Mann, dann antwortete er: „Ja, dieser Horst Ihlbrock war mein Cousin, die wohnten in der Hollerallee. Der ist in den fünfziger Jahren mit seiner Familie nach Amerika ausgewandert. Der ist dann schon bald da drüben in die Marine eingetreten, war in Vietnam, hat aber alles gut überstanden.

„Später hat er eine Halbindianerin geheiratet und lebte dann in Kalifornien, wo meine Familie und ich ihn mehrfach besucht haben.

Leider kann ich ihn nicht nach deiner Oma fragen, denn der ist 2009 verstorben, der hatte nicht das Glück, so lang wie ich zu leben. Manchmal frage ich mich aber, ob es ein Glück ist, so lange zu leben."

„Oh", sagte sie, „so etwas darfst du nicht sagen, ich bin doch froh, dass es dich gibt und dass ich dich kennenlernen durfte. Ich habe durch dich so viel Neues kennengelernt und gesehen, und dafür bin ich dem Schicksal und dir sehr dankbar. Auch meine Oma ist dir, obwohl sie dich noch nicht kennengelernt hat, sehr dankbar.

Anfänglich hatte sie sehr starke Bedenken und befürchtete, dass du keine guten Absichten mit mir hast. Aber jetzt, nachdem ich sie in dieser Beziehung beruhigt habe, ist sie umso mehr neugierig, dich kennenzulernen. Komm doch bitte mal mit, wenn ich zu ihr fahre."

„Wenn es denn sein muss, werde ich einmal mitkommen, um die Neugierde deiner Oma zu befriedigen", sagte er mit einem verschmitzten Lächeln. „Wir können dann am Freitag, wenn wir uns wieder treffen, einmal darüber sprechen."

Er fragte dann: „Hast du dir denn schon etwas ausgedacht, was du am Freitag sehen möchtest?"

„Ja", sagte sie. „Wollen wir nicht noch einmal in den Schnoor? Ich finde, dass es dort noch ganz viel zu sehen gibt. Ich habe auch noch nicht den Zusammenhang zwischen dem Schnoor und der Bürgerweide und dem Bürgerpark begriffen, das kannst du mir dann ja noch einmal erklären."

Sie verabschiedeten sich mit: „Na, dann bis Freitag um die gleiche Zeit und am gleichen Ort wie letztes Mal."

Claudia Großmann saß mit ihrer Freundin in der Sögestraße, im Café Knigge. Sie hatten sich getroffen, da ihre Freundin meinte, dass sie unbedingt eine warme Jacke für den bevorstehenden Herbst und Winter bräuchte.

Na ja, Frauen hatten immer einen Grund zum Shoppen.

Sie hatten schon einige Geschäfte durchgesehen, aber noch nicht das Richtige gefunden.

Die Freundin von Claudia hatte einen gut dotierten Job in einer Behörde und hatte so viel zeitlichen Leerlauf, dass sie regelmäßig freinehmen konnte, da sie sehr wenig, ja, manchmal den ganzen Tag nichts, zu tun hatte.

Sie erzählte, dass es in vielen Behörden so viel Leerlauf gäbe, dass man zwanzig bis dreißig Prozent der Beschäftigten einsparen und an anderen Schwerpunkten sinnvoller einsetzen könnte, ohne dass es sich negativ auswirken würde.

Außerdem konnte sie sich regelmäßiges Shopping leisten, war sich aber immer unsicher, ob die von ihr erworbenen Kleidungsstücke zueinanderpassten oder ihrem Typ entsprachen.

Sie meinte aus Erfahrung, dass Claudia einen guten Geschmack besäße und ihr bisher immer wertvolle Tipps und Hinweise gegeben hätte.

Jetzt wollten sie sich einfach nur etwas von der Shopping-Tour ausruhen, leckeren Kaffee und irgendein Kuchenstück zu sich nehmen und ein wenig quatschen.

Nachem sie in dem netten Café Platz genommen hatten, war die erste Frage der Freundin: „Sag, wie geht es dir? Du hast doch sicherlich, wie andere Selbstständige, mit dieser Corona-Angelegenheit größte Probleme. Die Leute kaufen doch bestimmt nur wenig Bücher, oder?"

„Ja, so ist es, aber darüber wollte ich mit dir auch sprechen, denn ich habe in all dem Unglück sehr großes Glück gehabt."

Claudia hatte bei diesem Treffen das Bedürfnis, den Rat ihrer Freundin einzuholen und ihr Herz auszuschütten, und berichtete, dass sie in ihrer verzweifelten Situation einen Mann kennengelernt hätte, der ihr mit wertvollen Ratschlägen und sogar mit Geld für Einkäufe geholfen hätte.

Ihre Freundin Birthe wurde sofort von einer rasenden Neugierde gepackt und began, Claudia auszufragen.

Claudia hatte so viel Vertrauen zu ihrer Freundin aus Schulzeiten, dass sie ihr die gesamte Begegnung mit dem alten Mann schilderte und auch nicht verschwieg, dass der überhaupt nicht auf ihre Angebote für ein engeres Verhältnis eingehen wollte.

„Weißt du", sagte sie, „ich habe mich, glaube ich jedenfalls, in diesen Mann, der allerdings sehr viel älter ist als ich, verliebt und möchte mehr von ihm als nur essen gehen. Der ist so interessant und hat so ein kultiviertes Benehmen, ich habe sogar schon von dem geträumt."

Ihre Freundin äußerte die Vermutung, dass der vielleicht ein Homosexueller wäre, was Claudia entschieden verneinte.

„Nein", sagte sie. „Der ist garantiert ein Heterosexueller, das würde ich sofort merken, wennder vom anderen Stern ist. Aber ich kann ihn einfach nicht für mich einnehmen.

Der hat mir nicht nur aus der Patsche geholfen, sondern ich habe ihn schon zum Essen zu mir nach Hause eingeladen, und er hat mich auch schon zum Essen ausgeführt, aber danach hatte er immer wieder Ausreden, wenn ich ihn zu einem gemütlichen Abend bei mir haben wollte. Ich finde ihn einfach nett und könnte mir vorstellen, trotz des Altersunterschiedes mit ihm zusammen zu sein", fügte sie hinzu.

„Weißt du", sagte sie nun, „der ist so süß, wenn ich mit ihm zusammen bin, und er mich ansieht, kribbelt mein ganzer Körper, und mein Leib verkrampft sich ohne Ende."

„Sei bitte sehr vorsichtig mit dem", warnte Birthe nun. „Wer weiß, was dahintersteckt, du bist doch eine schöne und attraktive Frau und kannst doch beinahe jeden Mann haben."

Claudia versprach ihrer Freundin, vorsichtig zu sein und sie in dieser Angelegenheit auf dem Laufenden zu halten.

Die beiden Frauen saßen noch eine Weile in dem netten Café und hatten sich sonst noch viel zu erzählen, denn sie hatten zwar oft miteinander telefoniert, sich aber lange nicht getroffen.

Sie nahmen sich vor, sich nun öfters zu einem Stadtbummel zu treffen.

Birthe war geschieden und hatte, so versicherte sie ihrer Freundin, fürs Erste mit Männern nicht mehr viel am Hut. Zu bitter war ihre Erfahrung mit ihrem letzten Freund. „Ja", sagte Claudia, „solche Erfahrungen habe ich ja auch gemacht, das ist ja der Grund, warum ich zur Zeit auch allein bin."

Jetzt erzählte Claudia ihrer Freundin, dass ihr Bekannter sich als Schriftsteller versuchen würde und schon mehrere Bücher geschrieben hätte. Sie hätte die Bücher gelesen und wäre der Meinung, dass man nur an dem Stil etwas feilen müsste.

„Ach", meinte Birthe, „das ist ja interessant, du kannst mir die Bücher ja einmal zum Lesen ausleihen. So kann ich mir auch einmal ein Bild von diesem Mann machen, meist fließen ja persönliche Eigenarten der Autoren in die Bücher ein. Vielleicht kann man ja aus den Texten herauslesen, was mit dem Mann nicht stimmt."

Claudia versprach ihrer Freundin, ihr die Bücher einmal auszuleihen, konnte sich aber nicht verkneifen zu bemerken, dass sie ja als Bibliothekarin vom Verkauf der Bücher leben würde und in der jetzigen Situation ein bisschen Umsatz gebrauchen könnte.

Birthe entschuldigte sich und sagte: „Weißt du, ich habe darüber gar nicht nachgedacht, sei mir nicht böse, ich werde dir die Bücher bezahlen, ich bin wirklich sehr neugierig auf diesen

Mann. Ich werde in den nächsten Tagen einmal bei dir vorbeischauen und deinen Umsatz steigern, du kannst mir die Bücher ja schon bereitlegen."

Jetzt verabschiedeten sich die beiden Frauen herzlich und versicherten, sich in Zukunft öfters zu treffen.

Der Freitag kam, und er machte sich, nach dem schon bekannten und beschriebenen deftigen Frühstück und einem kleinen Nickerchen, rechtzeitig auf den Weg und kam pünktlich am Roland zu Bremen an.

Er stand noch so da und betrachtete das alte Rathaus, drehte sich um und sah das neue Parlamentsgebäude und schüttelte den Kopf.

Für das alte Postamt am Bahnhof hatte man Millionenbeträge verbraten, um die gar nicht so schöne Fassade zu erhalten. Bei dem im Krieg zerstörten Gebäude, direkt am historischen Marktplatz, das bis zur Zerstörung die Baumwollbörse enthielt, hatte man die alte Sandsteinfassade mit einer wunderschönen halbrunden Aufgangstreppe einfach abgerissen und einen, aus seiner Sicht hässlichen, Neubau erstellt.

Hier tagte nun das Parlament und regierte die alte Hansestadt. Was hieß aber „regieren"? Er konnte überhaupt keine positive Entwicklung dieser Stadt erkennen.

Ehemals steinreiche Kaufmannsstadt, jetzt nur noch Bittsteller und am Tropf des Länderfinanzausgleichs.

Das wunderschöne, uralte Rathaus wurde nur noch bei ganz besonderen Anlässen benutzt, zum Beispiel für die Schaffermahlzeit, die jährlich stattfindende Eiswette und für hohen Staatsbesuch.

Er stand noch da und träumte vor sich hin und war traurig, was aus der einstmals so berühmten Hansestadt geworden war, als zwei Hände von hinten seine Augen verschlossen.

„Hast du mich gar nicht kommen sehen, von was hast du geträumt?" Ortrun stand vor ihm und sah ihn prüfend an. „Ja", sagte er, „ich habe wirklich geträumt."

Jetzt erzählte er ihr von seinen Gedanken, und was aus seiner geliebten Heimatstadt geworden wäre.

Auch sagte er ihr, dass er im Grunde seines Herzens ein sehr konservativer Mensch wäre und sehr traurig wäre, was in siebzig Jahren linker Politik aus der schönen Hansestadt geworden ist.

Früher wäre Bremen durch Handel mit Kaffee, Kakao, Tabak, Holz, Baumwolle und der damit verbundenen Hafenwirtschaft sowie Schiffbau reich und bedeutend gewesen und nun zu den Bittstellern bei den anderen Bundesländern geworden.

Er sagte, er könnte nicht verstehen, dass die Bürger die Fehler der Politiker und Behörden hinnehmen und immer wieder diese Regierungen, die Bremen so heruntergewirtschaftet hätten, wählen würden und nicht bereit wären, einmal anders zu wählen. Einfach mal nachdenken und mit anderen Bundesländern und Städten vergleichen.

„So", sagte er, „jetzt wollen wir uns den schönen Tag nicht verderben lassen und uns noch einmal in aller Ruhe den uralten Stadtkern Bremens mit seinen Sehenswürdigkeiten anschauen.

Aber erst einmal will ich dir noch etwas Besonderes zeigen", sagte er und blieb in der Ecke des Marktplatzes stehen und deutete auf den Boden. „Hier ist eine Euromünze, wirf die in den Schlitz, neben dem Loch dort."

Sie tat wie geheißen und vernahm nun eine Stimme, die ihr erzählte, wo sie war, und dass sie in Bremen willkommen war. Zuerst erschrak sie ein wenig, dann aber kramte sie aus ihrer Tasche ein weiteres Geld hervor und warf es in den Schlitz, um die Ansage noch einmal zu hören.

Dann wendeten sie sich zum Gehen.

Sie sagte ihm, dass sie noch nichts von diesem Loch im Pflaster und dieser Einrichtung gewusst und gehört hätte und sehr angetan wäre.

Sie umrundeten den Dom, und ihm kam die Idee, sie zu fragen, ob sie schon einmal den sogenannten Bleikeller besichtigt hätte. Sie schaute ihn ratlos an und fragte, was es mit diesem Wort auf sich hätte, sie habe hätte noch nie etwas davon gehört. „Ja", sagte er, „bisher hat noch niemand das Rätsel lösen können, wie es zu dem Zustand kommt, dass tote Menschen, die dort seit Jahrhunderten liegen, nicht verwesen, sondern mumifizieren."

Lange meinte man, dass es an den Bleiplatten liegen würde, mit dem der Dom gedeckt wäre und die dort aufbewahrt werden würden.

Aber da wären sich die Wissenschaftler nicht einig und würden bis heute weiterrätseln.

„Auch wenn dieses Phänomen nicht wissenschaftlich und eindeutig geklärt ist, so hat man sich darauf geeinigt, dass die Trockenheit in diesem Gewölbe der Grund für den mumifizierten Zustand der Leichen ist."

„Oh", sagte Ortrun, „das interessiert mich aber doch sehr, das möchte ich mir einmal ansehen."

„OKay", sagte ihr Begleiter, „wenn wir Glück haben, ist heute sogar eine Besichtigung, wir wollen einmal fragen, wann die nächste Besichtigungstour ist."

Sie hatten großes Glück, sie erfuhren, dass in einer Stunde wieder Einlass war.

Sie beschlossen, in einem Restaurant am Marktplatz einen Kaffee zu trinken, bis der Zeitpunkt der Besichtigung gekommen war.

Direkt an der Ecke vom Marktplatz zur Obernstraße, also nur wenige Schritte vom Dom entfernt, betraten sie dieses allseits bekannte Restaurant und nahmen dort Platz, und sie brauchten nicht lang zu warten, bis sie bedient wurden.

Bald saßen sie vor einem dampfenden Kaffee.

Er hatte sich einen Americano, einen schwarzen Kaffee, sie hatte sich einen Kaffee Amaretto bestellt.

Ortrun fragte nun: „Sag mal, sind das wirklich echte Leichen dort unten?"

„Ja", erklärte er nun, „genau weiß ich das nicht mehr, denn es ist schon zig Jahre her, dass ich dort unten war. Was ich noch weiß: Da liegt ein Dachdecker, der beim Decken eines der Domtürme vor Jahrhunderten, ich weiß nicht mehr genau wann, aber der ist von dort oben in den Tod gestürzt. Weiterhin liegt dort ein Student, der in einem Duell getötet wurde. Außerdem liegt da auch, wenn ich mich recht entsinne, eine alte Nonne und auch noch ein Affe.

Als ich das letzte Mal dort unten war, stand da auch noch ein geschlossener Sarg, in dem eine Adelige, die noch lebende Verwandte hatte, die keine Erlaubnis für die Öffnung des Sarges gegeben hatten, bestattet ist. Vielleicht hat sich das geändert, und wir können die Dame auch besichtigen."

Ortrun wollte noch so vieles wissen, aber er wehrte ab und wiederholte, dass es schon lang her wäre, als er das letzte Mal dort unten war, und er hätte schon so viel vergessen.

„Wir werden noch mehr Wissenswertes bei der Führung erfahren."

Dann war es so weit, der Kaffee war ausgetrunken, und sie machten sich auf den Weg zum Bremer Dom.

Nachdem sie eine Eintrittskarte erworben hatten, durchquerten sie das Hauptschiff der Kirche und gingen, geführt von einem Bediensteten, durch die östliche Krypta zu einer kleinen Tür, die abwärts zu dem besagten Kellerraum führte.

Wenn man nun dachte, dass es dort unten schlecht roch, war man überrascht. Kein Moder oder sogar Leichengeruch.

Jetzt waren alle Besucher eingetreten und der Fremdenführer erzählte, wer die mumifizierten Leichen waren. Komischerweise mutete der Anblick der Mumien überhaupt nicht gruselig an.

Ein bisschen befremdet war man schon, aber das gab sich schnell, so erstaunt war man über den Zustand der Artefakte, und der Fremdenführer konnte so interessant erzählen.

Ortrun, als Krankenschwester hatte sicherlich schon viele Leichen gesehen, war überhaupt nicht irritiert.

Im Gegenteil, sie stellte so viele Fragen an den Bediensteten der Kirche, dass er kaum nachkam, die einzelnen Mumien vorzustellen und deren Schicksal, soweit es bekannt war, zu erzählen.

Leider war der Sarg der adeligen Frau noch immer geschlossen, sodass man sie nicht besichtigen konnte. Aber auch so war der Rundgang durch dieses Gewölbe hochinteressant.

Ortrun war so beeindruckt und sagte ihrem Begleiter:

„So etwas habe ich noch nie gesehen, obwohl ich ja leider nicht nur mit Kranken, sondern auch mit Toten, zu tun habe."

Sie war so beeindruckt und hin- und hergerissen, dass sie sich immer wieder bei ihm bedankte. „Wenn du mir das nicht gezeigt hättest, wäre ich nie auf den Gedanken gekommen, dass es so eine Sensation hier im Dom gibt, und dann wäre mir ja wirklich etwas Tolles entgangen, danke noch einmal.

Eigentlich habe ich gar keine große Lust mehr auf eine weitere Besichtigungstour, das war eben so eine beeindruckende Sache, das ist ja nicht mehr zu toppen. Wollen wir jetzt zu dem Restaurant gehen, wo man immer den Kopf einziehen muss?"

„OKay", sagte er und fügte hinzu, „ich war, als ich das erste Mal den Bleikeller besichtigt hatte, auch so beeindruckt, dass ich sehr lange darüber nachdachte. Wir können selbstverständlich zu diesem Restaurant gehen, es heißt ‚Autspann'. Da können wir uns an einem guten Essen und Getränken laben."

Sie wanderten nun langsam in Richtung des alten Stadtteils von Bremen, der „Schnoor" hieß.

Bald verschluckte dieses enge Häusermeer die beiden. Sie war wieder fasziniert von der Enge der Gassen und meinte: „Da können heutzutage überhaupt keine Autos mehr hineinfahren."

„Na ja", meinte der Alte, „damals gab es ja noch keine Autos, das gängigste Transportmittel waren kleine zweirädrige Leiterwagen, die dann von einem Esel oder bestenfalls durch ein Pferd gezogen wurden. Ansonsten blieb den Menschen nur eine Schubkarre oder die eigene Muskelkraft."

„Wovon lebten denn die Menschen damals im alten Bremen?", fragte Ortrun.

„Na ja", erklärte ihr Begleiter auf ihre Frage, „es gab wie heute schon alle Berufe wie Handwerker, Tagelöhner und Kaufleute, Kleinbauern und Fischer. Die armen Leute hielten in ihren kleinen Häusern sogar das eine oder andere Nutztier. Da hatten sie ein Schwein, eine Kuh oder eine Ziege oder ein Schaf, von denen sie lebten. Diese Tiere wurden am Morgen auf die, wie sie heute noch heißt, Bürgerweide getrieben und am Abend wieder in den Schnoor geholt. Heute heißen einige Straßen in Bremen noch nach den Berufen der Menschen, die hier lebten."

Er fuhr weiter fort: „Ich hatte dir doch schon erklärt, warum die Sögestraße so heißt."

„Ja", antwortete Ortrun, „ich weiß, die Straße heißt so, weil Schweine durch diese Straße zur Bürgerweide getrieben wurden."

„Ja", sagte er jetzt, „und da gibt es den Schüsselkorb, wo die Korbflechter wohnten und arbeiteten, und in der Knochenhauerstraße wohnten und arbeiteten die Schlachter. Dann gab es die Straßen, die nach einem der vier Tore Bremens benannt wurden oder auch nach den Weserdeichen."

Jetzt hatten die beiden das Restaurant erreicht und betraten es. Sie bekamen auch einen freien Tisch.

Sie mussten, um zu ihrem Tisch zu gelangen, eine schmale, steile Treppe bis in das erste Obergeschoss hinaufklettern und betraten dann, wegen der geringen Deckenhöhe in gebückter Haltung, diesen Restaurantraum. Die Deckenhöhe betrug nur circa hundertsechzig Zentimeter.

Die Menschen waren damals im Mittelalter eben nur sehr klein.

Aber wenn man dann am Tisch saß, war es doch recht urig und gemütlich.

Sie erfrischten sich mit einem kühlen Alsterwasser, was hier im Norden Deutschlands allseits bekannt war und aus einem Gemisch aus Bier und Zitronensprudel bestand. Im Süden Deutschlands wurde dieses Getränk als Radler verkauft. Dazu bestellten sie ein hier übliches Hauptgericht. Es waren Bratkartoffeln mit einem großen Stück Sülze sowie einer mittelgroßen Portion grünen Salats.

Es schmeckte ihnen gut, und Ortrun war voller Neugierde und Verwunderung über die Art und Weise, wie die Menschen hier gelebt hatten.

„Da bin ich hier in Bremen geboren und aufgewachsen und arbeite hier in dieser Stadt und wusste von diesem Stadtteil gar nichts.

Meinst du, dass es mehr Menschen hier in dieser Stadt gibt, die noch niemals hier waren?", fragte sie ihn jetzt.

„Da bin ich ganz sicher", meinte er. „Die meisten Menschen, ganz bestimmt die Jugend, leben in ihrer Freizeit nur sehr oberflächlich und wissen meist sehr wenig über ihre Heimatstadt, und von der Geschichte erst recht nichts.

Außerdem bedenke auch, dass bestimmt die Hälfte der Einwohner zugewanderte Bürger aus anderen Bundesländern sind. Und nicht zu vergessen der hohe Prozentsatz Emigranten aus der Türkei und anderen außereuropäischen Ländern. Diese Menschen sind nicht so an der deutschen Kultur interessiert, sondern leben wie in ihrer Heimat. Die bilden mehr und mehr einen Staat im Staate und sind nur an den Annehmlichkeiten unseres Sozialsystems und der relativen Sicherheit interessiert."

„Da hast du bestimmt recht", sagte Ortrun nun, das habe ich nicht bedacht."

Nachdem sie gegessen und sich ausgiebig über diesen Stadtteil Bremens unterhalten sowie ihr Getränk ausgetrunken hatten, sah Ortrun auf ihre Uhr, bedankte sich bei ihm und wies darauf hin, dass sie aufbrechen müsste, da sonst ihre Großmutter zu lange auf sie warten müsste.

Und wieder fragte sie ihn: „Sag mal, hast du dir jetzt überlegt, ob du einmal mitkommen möchtest? Denn meine Oma ist schon sehr neugierig auf dich. Jedes Mal, wenn ich zu ihr komme, fragt sie, warum ich meinen väterlichen Freund nicht endlich einmal mitbringen würde. Sie ist schon so neugierig, dich endlich einmal kennenzulernen, da ich ihr schon so viel von dir erzählt habe, sodass sie vor Neugierde schon ganz raschelig ist."

Er überlegte einen Augenblick, dann sagte er: „Ich habe mir überlegt, dass ich ihr den Gefallen endlich tun werde, sonst kommt die Frau noch vor Neugierde um. Wenn du meinst, dass ich angemessen gekleidet bin, komme ich heute mit dir mit. Aber meinst du nicht, dass ich ihr irgendetwas mitbringen sollte? So mit leeren Händen besuche ich nicht gerne einen Menschen, schon gar nicht eine ältere Dame."

Ortrun überlegte einen Augenblick, dann meinte sie:

„Eigentlich musst du nichts mitbringen, ich komme ja auch mit leeren Händen, aber wenn du so denkst, kannst du ja in dem Kiosk vor der Seniorenresidenz irgendetwas kaufen."

Er schlug vor, dass sie sich beide, jeder in der eigenen Wohnung, etwas frisch machen könnten. „Anschließend hole ich dich mit dem Auto ab, und dann fahren wir gemeinsam zu deiner Großmutter.

„Allerdings", fügte er hinzu, „weiß ich ja gar nicht, wo du wohnst. Wenn ich dich abholen soll, musst du mir schon sagen, wo ich dich finde."

Sie schaute ihn prüfend an, schien zu überlegen, ob sie ihm ihre Adresse geben sollte, dann erhellte sich ihre Miene und sie nannte ihm ihre Adresse.

„Da ich, wie du schon weißt, Krankenschwester bin und im Krankenhaus Bremen-Mitte arbeite, wohne ich in der Innenstadt, an der Schlachte, direkt neben dem Gebäude, in dem Radio Bremen sitzt. Kennst du die Straße mit dem Namen „Große Fischerstraße?"

„Ja, natürlich kenne ich die Straße, ich habe dort auch schon einmal gewohnt, gleich um die Ecke."

„Ach, das ist ja interessant. Und warum wohnst du dort nicht mehr?"

„Ja, das weiß ich nicht so genau, vermutlich hat es mich an den Ort meiner Jugend gezogen, sonst weiß ich gar keinen anderen Grund, ich habe dort an der Schlachte auch gern gewohnt. Fühle mich aber jetzt an der Parkallee recht wohl und freue mich jeden Tag, wenn ich im Bürgerpark herumlaufen darf.

Okay,", meinte er jetzt, „ich hole dich dann in einer Stunde bei dir zu Hause ab." Und beide stiegen in unterschiedliche Straßenbahnenlinien.

Er war bald zu Hause, machte sich ein wenig frisch und rasierte sich noch schnell, denn er wollte bei der Oma von Ortrun einen guten Eindruck erwecken.

„Eigentlich albern", kam es ihm nun in den Sinn. „Ich will doch daraus kein Vorstellungsgespräch machen."

Auch konnte es ihm egal sein, was die Oma von Ortrun von ihm dachte, er wollte nur herausfinden, warum die Oma so viel Interesse hatte, ihn kennenzulernen.

Er fuhr pünktlich bei Ortrun vor, hielt am Straßenrand vor ihrem Haus und stieg aus. Gerade war er im Begriff, die Straße zu überqueren, da kam sie aus dem Haus, winkte ihm zu und stand schon bald vor ihm. „Oh, der Herr hat sich fein gemacht, du riechst auch noch gut", sagte sie, trat näher an ihn heran und schnupperte an seiner Wange.

„Danke, aber du duftest auch immer so angenehm", antwortete er und öffnete ihr die Beifahrertür seines Autos. Sie stieg ein und machte es sich bequem, nachdem sie sich angeschnallt hatte.

Als er dann auch Platz nahm, legte sie ihre Hand auf seine, die auf dem Schalthebel ruhte, lehnte sich ein wenig zu ihm herüber und sagte: „Danke, dass du meiner Oma den Gefallen tust, sie wird sich sicherlich sehr freuen, so lange schon wollte sie dich kennenlernen."

„So, wo soll es denn hingehen, gnädiges Fräulein?", fragte er jetzt mit einem schelmischen Grinsen.

„Die Anlage, in der meine Oma wohnt, befindet sich in der Horner Heerstraße, Ecke Marcusallee."

„Oh, schöne Adresse", meinte er jetzt und fuhr los.

Bald waren sie dort angekommen, und als sie ausstiegen, beugte er sich noch einmal über den Rücksitz und holte ein schön verpacktes Päckchen hervor. Sie sah ihn fragend an, und er erklärte: „Ich gehe grundsätzlich niemals mit leeren Händen, wenn ich jemanden besuche, und schon gar nicht zu Damen."

„Oh, Kavalier der alten Schule?"

„Nein", meinte er. „Weißt du, unsere Kultur bröckelt so still vor sich hin, da will ich mich nicht an dem Verfall der Sitten beteiligen." Er fuhr fort: „Durch die Überfremdung unserer Bevölkerung mit Menschen aus anderen Kulturen, die ein Staat im Staate sind und nur ihre Kultur leben, verflachen sich unsere schönen Sitten und damit unsere Kultur immer mehr. So kommt es, dass wir irgendwann Fremde in unserem eigenen Staat sind, weil wir uns so ‚merkwürdig' benehmen. Aber ich denke gar nicht daran, meine Erziehung zu vergessen. Wenn wir all die schönen Selbstverständlichkeiten vergessen und nurnoch oberflächlich, ohne jede Tiefe, dahinleben, möchte ich nicht mehr leben.

Manches Mal, wenn ich mich nicht wohl fühle und traurig bin, weil die Welt sich so anders entwickelt, werde ich ungerecht und sage, wir leben in einer Pappbecherkultur.

Heute trinken die jungen Menschen nicht nur den Kaffee „to go" aus dem Pappbecher, sondern vermutlich auch den Champagner zum Fast Food. Das kannst du auch daran erkennen, dass du in den Innenstädten kaum noch echte deutsche Restaurants findest. Es sind Chinesen, Türken, Griechen und auch Inder und die amerikanischen Schnellrestaurants, in denen du selbstredend keine deutschen Gerichte essen kannst. Aber vielleicht sehe ich das alles viel zu kritisch und lebe noch in meiner Welt von gestern und bin nicht so gern bereit, mit der Zeit zu gehen."

„Nein", meinte sie, „im Grunde hast du recht, aber wir können die Zeit nicht zurückdrehen, auch wenn uns so manche Veränderung nicht gefällt. Ich habe es auch genossen, mit dir in den wenigen deutschen Restaurants zu essen, in die du mich eingeladen hast."

Sie hakte sich bei ihm ein, und sie strebten dem Haupteingang der Einrichtung zu.

Sie betraten das Foyer und wurden am Empfangstresen gefragt, wohin es denn gehen sollte.

Ortrun fragte die Frau, die dort ihren Dienst tat: „Ich besuche doch jeden Freitag meine Oma, kennen Sie mich denn nicht?"

„O ja, ich habe Sie nicht erkannt, weil Sie heute in Begleitung sind. Ist das Ihr Großvater, Frau Großmann?"

„Nein, es ist leider nicht mein Großvater, er ist nur ein sehr guter Bekannter", antwortete Ortrun und wendete sich zum Gehen.

Sie liefen einen langen Gang entlang und standen bald vor einer Tür, an die sie anklopfte, bevor sie die Tür öffnete.

Sie hielt ihn noch zurück und flüsterte ihm zu: „Ich will meine Oma erst einmal auf den langersehnten Besuch vorbereiten, dann rufe ich dich herein."

Er trat einen Schritt zurück, sodass die alte Dame ihn nicht gleich sehen konnte.

Sie ging in den Raum und er hörte; „Hallo Oma, hier bin ich wieder, und erschrick nicht, denn heute habe ich einen lieben Besuch mitgebracht."

Sie kam zur Eingangstür zurück und zog ihn am Ärmel in den Raum.

Zu ihrer Oma gewandt, sagte sie: „Dieses ist mein lieber Bekannter, Rolf Berlimont, von dem ich dir schon so viel erzählt habe, er ist es auch, der die interessanten Bücher geschrieben hat und den du so gerne kennenlernen wolltest."

Er bemerkte, dass die alte Dame nun lächelte und sagte:„Oh, wie schön, dass ich Sie nun endlich kennenlernen darf. Oder kennen wir uns schon aus einer Zeit vor vielen Jahrzehnten?"

Er trat auf sie zu, reichte ihr die Hand und überreichte ihr sein Mitbringsel. Sie ließ seine Hand aber nicht wieder los, und sie schauten sich einige Momente lang tief in die Augen. Sie errötete wie ein Teenager und sagte dann: „Genauso habe ich Sie mir vorgestellt, denn Ortrun hatte Sie ausführlich beschrieben und immer wieder von Ihren Treffen berichtet."

Sie fuhr fort und entschuldigte sich, dass sie ihnen gar nichts anzubieten hätte. „Aber wir können, wenn Sie wollen, in das Heimcafé gehen, dort gibt es auch ein Stück Kuchen, wenn noch was da ist."

„Nein", meinte Ortrun, „wir können es uns ja auf der Couch gemütlich machen und ein wenig plaudern."

Zu ihm gewandt fügte sie hinzu: „Meine Oma ist ja schon so neugierig auf dich gewesen, nun hat sie ja die Gelegenheit, dich auszufragen", bestimmte sie und sah ihn fragend an.

Er sah Ortruns Oma an, sie war geneigt, auf Ortruns Vorschlag einzugehen. Sie stand aus ihrem Sessel auf und setzte sich auf die eine Seite des Sofas. Und sah ihn an und klopfte mit der flachen Hand auf den Platz neben sich und sagte: „Jetzt habe ich so lang auf Ihren Besuch gewartet und habe so viele Fragen, jetzt lasse ich Sie nicht so schnell wieder laufen."

„Ortrun, sei doch so lieb und setze dich auf meinen Sessel, wir haben noch so viele Male die Gelegenheit, hier miteinander gemütlich zu sitzen, ich möchte deinen Freund für ein paar Minuten ganz für mich haben."

Sie saß nun dicht bei ihm und hakte sich einfach bei ihm ein, und da sie ihm dabei ziemlich nahe kam, konnte er den Duft desselben Parfüms wahrnehmen, den Ortrun, und komischerweise auch Claudia, benutzte.

Er nahm sich vor, diese Ähnlichkeiten aufzuklären, denn an Zufall mochte er in diesem Zusammenhang nicht glauben.

Jetzt räusperte sie sich und sah ihn forschend an und sagte in einem fragenden Ton: „Sagen Sie mir doch bitte, sind Sie jemals in Ihren jungen Jahren, so vor sechzig oder sogar vor fünfundsechzig Jahren, im Lokal mit dem Namen Domkeller gewesen?

Als ich Ihr Buch gelesen hatte und Ihr Bild darin sah, hatte ich sofort das Gefühl, Sie zu erkennen. Kann es sein, dass wir uns da kennengelernt und spät am Abend dann zu einer Fete zu Horst Ihlbrock in der Hollerallee gegangen sind?

Da war es dann wirklich toll, und wir haben alle, es waren ja noch ein paar andere junge Leute anwesend, wie wild Rock and Roll getanzt."

Ui, die ging ja gleich aufs Ganze und war einfach sehr direkt.

Er dachte bei sich: „Wir kennen uns doch noch gar nicht, und ich bin doch nur auf ihre und Ortruns Bitte mitgekommen, sehe mich allerdings auch genötigt, auf diese direkte Frage wahrheitsgemäß zu antworten."

„Ja, dieser Horst Ihlbrock war mein Cousin und ich habe tatsächlich an einigen solcher Begegnungen und Feten teilgenommen, und den Domkeller kenne ich auch aus mehreren Besuchen. Dort konnte man die neuesten Schlager und Jazztitel hören, und das Bier war auch sehr preiswert, einmal ganz abgesehen von den schönen Mädchen, die auch dorthin kamen."

„Wieso sagten sie: ,,war' mein Cousin?"

„Das war so gemeint, denn mein Cousin ist 2009 in North Carolina gestorben. Bevor er nach North Carolina zog, weil seine ebenfalls verstorbene Frau von dort stammte, sie war eine Halbindianerin, lebte er in Kalifornien, und dort habe ich ihn oft besucht."

„Oh, das tut mir aber wirklich leid, denn ich hätte ihn auch gern wiedergesehen. Ist Kalifornien wirklich so schön, wie es immer beschrieben wird, und regnet es dort wirklich niemals?"

„Ach", antwortete der Alte, „es regnet zwar selten, dann aber wie aus Kübeln, und ja, es ist dort sehr schön, aber wo viel Licht ist, ist auch Schatten, wie überall auf der Welt.

Aber zu Ihrer anderen Frage: Ich habe Sie dort im Domkeller nicht kennengelernt, daran könnte ich mich bestimmt erinnern, aber auf der Fete selbst habe ich ein wirklich schönes Mädchen kennengelernt, die allerdings, so hatte ich den Eindruck, mehr an meinem Cousin Horst interessiert war."

Irgendwie bemerkte er an ihrem Ausdruck, dass ihr der Verlauf der Unterhaltung peinlich war.

Sie fragte nun aber trotzdem weiter, und der Alte fühlte sich wie bei einem Verhör bei der Polizei.

„Können Sie sich denn an den Namen der jungen Frau erinnern, die Sie dort kennengelernt haben?"

Beide Frauen sahen, nein, sie starrten ihn nun zum Teil mit geöffnetem Mund an, und man hatte den Eindruck, dass sie eine ganz bestimmte Antwort erwarteten.

„Nein", sagte er nun, und es entsprach nicht der Wahrheit, und ihm schien, die beiden Frauen nahmen ihm diese Unwahrheit auch ab.

Aber als sie sich nach circa einer halben Stunde verabschiedeten, stand irgendwie die offene Frage noch im Raum.

Ortrun sagte noch, bevor sie den Raum verließen: „Oh, ich muss noch einmal auf ein stilles Örtchen."

Und zu ihm gewandt; „Bleibst du noch eben bei meiner Oma, ich bin gleich wieder da." Und weg war sie.

Er wendete sich wieder der alten Dame zu, und sie lächelte ihn an, nahm einen Zettel und Kugelschreiber vom Tisch, schrieb etwas darauf und reichte ihm den Zettel, den er, Ortrun musste ja jeden Moment wieder das Zimmer betreten, in seiner Jackentasche verstaute.

Und richtig, kaum hatte er den Zettel verstaut, betrat Ortrun wieder das Zimmer. Die beiden Frauen verabschiedeten sich mit den Worten: „Tschüss und bis Freitag."

Zu ihm gewandt, strahlte Ortrun ihn an und sagte: „Habt ihr nun alles besprochen, willst du Freitag wieder mitkommen?"

„Okay", sagte er, „wenn du darauf Wert legst, und auch deine Oma, die ich ja nun kennengelernt habe, das möchte, und nichts dazwischen kommt, können wir das ja so machen."

„Ja, natürlich, die würde sich bestimmt freuen, und ich hatte so den Eindruck, dass sie dich noch vieles über die offenbar gemeinsame Zeit fragen möchte. Das muss ja eine sehr interessante Zeit gewesen sein, und ihr habt ja doch so Einiges gemeinsam erlebt."

Mitlerweile standen sie am Auto, und sie blieb noch davor stehen und sah ihn über das Auto hinweg irgendwie, so schien es ihm, fragend an.

Er ignorierte diese nicht ausgesprochene Frage und stieg ein. Jetzt stieg sie auch ein, schnallte sich an und sagte ihm zugewandt: „Okay, wir können fahren.

Bringst du mich nun nach Hause oder hast du noch etwas vor?", wollte sie wissen und sah ihn irgendwie fragend an.

„Nein", meinte er, „ich würde jetzt auch gern nach Hause fahren, die durch das Gespräch mit deiner Oma aufgekommenen Erinnerungen haben mich doch sehr berührt. Ich muss das erst einmal verdauen."

Ortrun lächelte ihn verstehend an und sagte: „Ist schon in Ordnung, ich verstehe dich, man wird ja nicht so oft an seine Vergangenheit erinnert, insbesondere, wenn man schon so viel erlebt hat."

Jetzt hatte er für diesen Tag schon wieder nicht die Wahrheit gesagt, denn er hatte vor, so schnell wie möglich den Zettel zu lesen, den ihre Oma ihm zugesteckt hatte, als Ortrun auf der Toilette war, um zu erfahren, was das zu bedeuten hatte.

Als sie an ihrer Adresse angekommen waren, blieb sie noch einen Augenblick im Auto sitzen und sagte: „Irgendetwas muss in euren jungen Jahren vorgefallen sein, denn ich habe meine

Oma noch nie so verunsichert und auf- geregt erlebt. Kannst und willst du mir noch etwas mehr aus dieser Zeit erzählen?"

Er überlegte noch einen Augenblick, dann sagte er: „Weißt du, ich muss das auch erst einmal verarbeiten und werde dir, wenn es dich auch betrifft, alles erzählen." Dann fügte er hinzu: „Nun schlaf erst einmal gut und träume süß. Wenn ich nichts anderes höre, sehen wir uns am nächsten Freitag, Bürgerpark oder zu einem weiteren Besuch bei deiner Oma. Wir können uns aber auch schon früher treffen, wenn es dir danach ist. Ich überlege mir noch, was wir sonst noch unternehmen könnten."

Sie sagte, jetzt zu ihm gewandt: „Danke, dass du mit zu meiner Oma gekommen bist, sie hat sich wirklich gefreut und war ja schon so neugierig auf dich. Schlaf du auch gut. Wir telefonieren noch wegen weiterer Unternehmungen, danke noch einmal."

Sie stieg aus und war bald in der Eingangstür ihres Hauses verschwunden.

Wenn er jetzt etwa vierzig oder fünfzig Jahre jünger wäre, wäre er gern, im Gegensatz zu Claudia, mit in ihre Wohnung gekommen. Und das nicht nur, um zu sehen, wie sie lebte. Nein, sie war so hübsch und in allen Dingen so erfrischend, dass er sie als junger Mann sehr begehrt hätte.

Ach, was sollte es schon! Die Tatsachen waren einfach anders, und er war auch so froh, sie kennengelernt zu haben und wollte kein Zusammentreffen missen.

Er ließ den Motor an, fuhr zu seiner Adresse und kochte sich, in seiner Wohnung angekommen, erst einmal einen starken Kaffee. Dann setzte er sich, das Wetter hatte sich verbessert, mit dem Kaffeebecher und einer Zigarre in seinen Balkonsessel.

Sein Kopf schwirrte, und er hatte unterschwellig ein süßes und zugleich bitteres Gefühl in seiner Brust. Er kramte nun den Zettel aus seiner Jacke und setzte seine Lesebrille auf. Aber auf dem Zettel stand nur eine Telefonnummer und ein stilisiertes Herz.

Sollte Ortruns Oma eines der auf Horsts Fete anwesenden schönen Mädchen sein? Und insbesondere die eine, die er näher kennengelernt hatte?

Er nahm sich ein Herz, holte sich das Telefon auf den Balkon und wählte die angegebene Telefonnummer, die auf dem Zettel stand, den sie ihm zugesteckt hatte.

Er erreichte nur den Anrufbeantworter, hinterließ aber keine Mitteilung und legte wieder auf.

Irgendein Gefühl sagte ihm, dass diese Frau eine der schönen jungen Frauen war, mit denen er getanzt hatte, und die eine war, mit der er nach dem Tanz allein im Zimmer war und für eine kurze Zeit das Gefühl hatte, dass der Himmel sich auftat.

Ja, das war damals so, sie alle hatten schon etwas getrunken und tanzten ausgelassen, da hatte er auf einmal ein kleinen Wirbelwind in den Armen, der auf einmal nicht mehr wild, sondern sich in seinen Arm schmiegte und beinahe auf der Stelle tanzte. Er erinnerte sich genau, wie er ihren heißen Atem an seinem Hals spürte.

So etwas, sie waren damals ja noch so jung, hatte er vorher noch nicht erlebt und war nur noch glücklich, denn ihr Körper, der sich eng an den seinen schmiegte, ließ ihn Männerträume träumen.

In der Tanzpause blieben sie noch einen Augenblick auf der Tanzfläche stehen, dann nahm sie seine Hand und zog ihn in das Zimmer, in dem alle sonst saßen und rauchten und tranken.

Dann setzte die Musik wieder ein, alle eilten auf die Tanzfläche, und sie waren allein.

Der Raum war nur mit einer kleinen Lampe erleuchtet, die neben der Couch auf einem kleinen Tischchen stand.

Diese kleine Lampe erleuchtete den Raum nur sehr spärlich, sodass kaum etwas zu sehen war.

Er konnte sich heute noch an die wilden und fordernden Küsse von ihr erinnern, weil er so etwas noch nie erlebt hatte und auch nie wieder vergessen würde.

Seine neugierige Hand verschwand in ihrem Taft-Petticoat und wer weiß, wo noch.

Dann versanken sie beide in einen Taumel des Glücks, und er hörte nur ganz leise „pass bitte auf", aber diese Aufforderung kam viel zu spät. Der Coitus interruptus gelang nur unvollständig, denn er war viel zu sehr von diesem Mädchen angetan und viel zu aufgeregt und viel zu unerfahren.

Sie blieben diese Nacht zusammen, tanzten verliebt und waren beinahe die Letzten, die sich auf den Heimweg machten.

Vor der Haustür, auf dem Gehweg, fragte er sie noch, ob er sie nach Hause begleiten sollte, und er wünschte sich, ihren vollständigen Namen und Adresse zu erfahren.

Er wurde komischerweise ziemlich schroff zurückgewiesen, und sie sagte, dass sie es eilig hätte, denn sie müsste den Zug nach Kirchweyhe erreichen.

Er stand damals wie betäubt, wie ein begossener Pudel da. Er war noch voll im Rausch der Gefühle und sehnte sich nach einem Wiedersehen mit diesem bezaubernde Mädchen. Da war sie schon in der Dunkelheit verschwunden.

Was sollte das denn? Er war doch so glücklich mit ihr und hoffnungslos verliebt. Er meinte, sie hätten doch zumindest ein weiteres Treffen vereinbaren können, und ihren Nachnamen hatte sie ihm auch nicht gesagt.

Das Einzige, was er erfahren hatte, war, dass sie Ortrun hieß und in Kirchweyhe bei Bremen wohnte.

Er fragte Horst aus, ob er mehr von diesem Traummädchen wüsste. Er wollte sie doch bestimmt wiedersehen.

Horst konnte ihm auch nicht helfen und sagte nur: „Hauptsache, du hast Spaß gehabt, es gibt doch Mädchen genug, die nicht abgeneigt sind."

Er war in der Folgezeit noch oft in der Kneipe mit Namen Domkeller gewesen, in der Hoffnung, sie dort wiedersehen, aber auch hier fand er kein neues Glück. Nun blieb ihm nur die Vermutung, dass diese Ortrun, also Ortruns Oma, dieses Mädchen war, das er damals getroffen und mit der er ein so schönes Erlebnis hatte.

Und wie sollte es, wenn sie das Traummädchen von damals war, in dieser Angelegenheit weitergehen?

Sollte er noch einmal versuchen, sie telefonisch zu erreichen? Würde sie ihn zurückrufen? Oder sollte er so dreist sein, sie einfach, natürlich nicht am Freitag, sondern an einem anderen

Wochentag, dort im Heimaufzusuchen? In beiden Fällen würde sich die Sache bestimmt aufklären. Aber wie?

Er hatte noch nie in seinem Leben gekniffen und war immer bereit, sich irgendwelchen Herausforderungen zu stellen, und so entschloss er sich, sie noch einmal anzurufen. Er saß noch auf dem Balkon, zündete sich, ziemlich erregt, eine weitere Zigarre an und wählte die Telefonnummer, die auf dem Zettel stand.

Es dauerte mehrere Augenblicke, aber dann meldete sich Ortruns Oma mit erstaunlich frischer Stimme.

Auf die Frage, wer er wäre, antwortete er: „Hier ist Rolf Berlimont, der Bekannte Ihrer Enkelin."

Einen Augenblick war es in der Leitung still, dann sagte sie: „Ich hatte so sehr gehofft, dass du mich anrufst, ich denke wir sollten uns einmal ohne Ortruns Beisein treffen. Ich habe dich, nachdem ich dein Bild in deinem Buch gesehen hatte, sofort wiedererkannt. Ich konnte mich, nachdem ich dein Bild gesehen hatte, nicht von dem Anblick lösen und hatte nur noch einen Gedanken, nämlich wie ich dich wiedersehen könnte."

Beide schwiegen einen Augenblick, dann fragte er mit rauer Stimme: „Okay, wann passt es dir?"

„Es wäre mir lieb, wenn du, ach, was soll der Unsinn, komm doch einfach morgen Vormittag so um zehn, halb elf zu mir, du weißt ja, wo du mich findest."

Er stimmte zu und sagte: „Ich bin morgen um zehn Uhr bei dir. Ich kann es kaum erwarten, ich bin aufgeregt wie ein Teenager, ich werde die kommende Nacht bestimmt nicht schlafen können."

Dann sagte, nein, flüsterte sie: „Auch ich kann es kaum erwarten." Und nach einem Augenblick des Schweigens fuhr sie fort: „Willst du nicht heute noch zu mir kommen? Kannst du es nicht einrichten, gleich zu mir zu kommen? Ich habe hier ja meistens nichts vor, und wir könnten bei einer Tasse Kaffee über alte Zeiten plaudern."

Er überlegte einen Augenblick und war genauso aufgeregt, denn ihre Eile verunsicherte ihn doch sehr.

Dann stimmte er aber zu und versprach, in einer Stunde bei ihr zu sein.

Er verließ den Balkon, stieg unter die Dusche, zog sich frisches Zeug an und verschwand in der Küche, um sich noch schnell etwas Essbares zuzubereiten.

Es war dann eine Scheibe Brot mit zwei Spiegeleiern auf zwei Baconscheiben. Dann ging er noch einmal ins Bad, um sich zu vergewissern, dass sein Äußeres okay war.

Okay, er sah ja noch passabel aus.

Jetzt ging er zu seinem Auto und fuhr erst einmal zu einer nächstgelegenen Tankstelle, die auch immer etwas zu bieten hatte, wenn es um Besuche ging.

Er nahm eine Flasche Rotwein mit, die erstens eine gute Marke war, ein Spätburgunder, und zweitens als Geschenk verpackt.

Dann fuhr er zu der jetzt bekannten Adresse.

Dort angekommen, stieg er aus und stellte fest, dass er am ganzen Körper zitterte. Was war das denn?

Es war nicht sehr warm, aber ausreichend, sich in der Grünanlage noch einen Augenblick auf eine Bank zu setzen und eine Zigarre zu rauchen.

Langsam begann seine Nervosität oder Aufregung, sich zu legen. Er schalt sich einen Narren und begriff nicht, wie es zu dieser Aufregung kam.

Er war doch kein junger Bursche mehr, dem bei seinem ersten Rendezvous die Hände feucht wurden und die Knie zitterten.

Die Zigarre war geraucht,er erfrischte seinen Atem mit einem Mundspray, er riss sich zusammen, betrat das Gebäude und fand dann auch sofort die Nummer des Apartements, in dem sie wohnte.

Einen Augenblick lang stand er noch vor der Tür und zögerte, dann aber klopfte er forsch an die Tür und hatte ganz übersehen, dass dort auch eine Klingel war.

Aber als hätte sie ihn schon länger erwartet, öffnete sich die Tür – und sie stand vor ihm.

Sie war gar nicht so klein wie er sie vorhin, als sie noch im Sessel saß, empfunden hatte, er schätzte sie auf circa einhundertsiebzig Zentimeter.

Ihre weißgrauen Haare waren in einer netten Dauerwellenfrisur geordnet. Ihre graugrünen Augen strahlten ihn an, und sie steckte in einem schicken schwarzen Hausanzug.

„Komm herein, ich habe dich schon sehr mit Spannung erwartet. Eigentlich habe ich dich schon seit Jahrzehnten erwartet. Ich habe dich seit dem Abend bei Horst jeden Tag vermisst und bin mein Leben lang auf mich wütend, dass ich dich damals so einfach stehen gelassen habe."

Er war sehr verlegen, denn solch eine Redeflut und Gefühlsausbruch war er nicht gewohnt und er war ihr nicht gewachsen. Was sollte er machen oder antworten?

Wie konnte sie ihn lebenslang vermisst haben, wenn sie, vorausgesetzt, sie war das Mädchen, mit dem er so glücklich war, ihn damals so schroff abgefertigt hatte?

Wenn das so stimmen sollte, warum hatte sie ihn beim Verlassen von Horsts Haus so brüsk abgefertigt, als er ihr seine Begleitung angeboten hatte? Er hätte sie nicht nur zum Bahnhof, sondern vielleicht auch weiter begleitet, er war damals, nach dem erlebten Traum, ziemlich verliebt und fühlte sich zurückgestoßen. Er nahm sich vor, diese Frage zu klären.

Nach einem Augenblick, der nur Sekunden dauerte, ging er auf sie zu und nahm sie einfach in den Arm, was sie sich auch gefallen ließ. Als sie so dastanden, es war Verlegenheit, überreichte er ihr die mitgebrachte Flasche Wein und sagte: „Mir fiel nichts Besseres ein. Ich dachte, einen guten Tropfen kann man sich gern gefallen lassen."

Sie zog ihn nun, das war damals auf der Fete bei Horst ja auch so und war wohl ihre Gewohnheit, zum Sofa, setzte sich und klopfte neben sich auf den noch freien Platz. Er saß nun dicht neben ihr und konnte den Duft dieses ihm schon bekannten Parfüms schnuppern.

Sie lehnte sich zu ihm herüber, beugte ihren Kopf zu ihm herauf und schaute ihm ihn die Augen.

„Bist du nun endlich wieder bei mir?"

Er hauchte ihr einen Kuss auf die Stirn und sagte: „Ich war damals vor Glück wie betrunken und hätte dich auch zu Fuß nach Kirchweyhe begleitet, aber du lehntest meine Begleitung ja so brüsk ab", maulte er.

„Ich wusste ja nur deinen Vornamen und keine Adresse, nur dass du in Kirchweyhe wohnen solltest, und auch das wusste ich ja nicht genau."

„Ich will ehrlich sein und muss dir zur Erklärung gestehen, dass ich damals eigentlich in Horst verliebt war und mit dir zusammen war, weil ich über seine Ignoranz an diesem Abend sehr enttäuscht war. Im Nachhinein tat es mir auch sehr leid, aber dann konnte ich dich nicht wiederfinden. Und über Horst konnte ich deine Adresse auch nicht erfahren, da dieser ja wenige Tage nach unserer schönen Begegnung nach Amerika abgereist war, wie ich später erfuhr.

Gott sei Dank hast du meine Nichte kennengelernt und warst so lieb zu ihr, ich habe dann deine Bücher verschlungen und sah dein Bild. Es hat mich beinahe umgehauen, ich habe dich sofort wiedererkannt."

Sie zog seinen Kopf zu sich herunter, und ein sehr zärtlicher Kuss traf seinen Mund.

„Ich habe den Glauben, dich wiederzufinden, eigentlich schon lange aufgegeben, aber nun ist alles gut, ich habe nie aufgehört, dich zu lieben und mich immer nach dir gesehnt, denn ich habe schon schnell bemerkt, dass ich von dir schwanger war, ja, du bist nämlich Ortruns Opa. Unser gemeinsames Kind, deine Tochter, lebt auch hier in Bremen und heißt Claudia Großmann, sie ist Bibliothekarin und wohnt in der Rembertistraße. Ich sehe sie leider viel zu selten."

Was sie da nun alles hervorstieß, raubte ihm beinahe den Atem, sein Herz klopfte wie verrückt. Sie war offenbar, nein, ganz bestimmt das Mädchen, das ihn damals so den Kopf verdreht hatte und ihn so glücklich gemacht hatte. Sie fuhr nun weiter fort, sah zu ihm auf und stieß hervor:

„Hoffentlich hat sich zwischen dir und Ortrun nicht etwas angesponnen, oder?"

„Nein", protestierte er sofort, „ich hab sie rein platonisch lieb gewonnen und wollte sie nur etwas verwöhnen, sie ist wirklich ein sehr lieber Mensch, und ich wünsche mir von ganzem Herzen, dass sie irgendwann einen Mann findet, der sie glücklich macht."

„Ja", sagte sie, „das wünsche ich ihr auch von ganzem Herzen. Deswegen machte ich mir große Sorgen, als sie von einem älteren Mann erzählte, der so nett war und sie auch verwöhnte. Ich betete jeden Tag, dass dieser Mann nicht ein Gauner ist und nur nach jungen, unerfahrenen Mädchen oder Frauen sucht, sie dann auf raffinierte Weise missbraucht und dann das Weite sucht. Ich weiß ja, wie schwer es ist, ein Kind großzuziehen, wenn man keinen Partner an seiner Seite hat und auch die Eltern nicht hinter einem stehen, wie es bei mir war.

Aber ich war ja selber schuld, ich hatte dich jamit meiner Verhaltensweise an diesem Abend verprellt, weil ich mir immer noch Hoffnung machte, Horst wiederzufinden."

Ihre Aussagen trafen seine Seele und er war ein bisschen beleidigt, sagte dann aber: „So, und auf diese Weise bin ich nun der billige Ersatz?"

„Nein", sagte sie nun, „später wurde mir erst bewusst, dass Horst ein nicht so guter Mann war, wie ich gehofft hatte, und nur an Sex interessiert war, der hätte mich glatt mit dem Kind hängen lassen.

Ich bin mir sicher, dass du das nicht getan hättest, und wenn ich in der Folgezeit über uns nachgedacht habe, bin ich sehr froh, dass du es warst, der mich geschwängert hat."

Dann saßen die beiden eng aneinandergeschmiegt auf dem Sofa, tauschten Zärtlichkeiten aus und schwiegen eine lange Weile.

„Was meinst du", schlug er ihr nun vor, „wenn ich meine Tochter und Ortrun in irgendein nettes Restaurant einlade, du dann auf einmal dazukommst und wir ihnen dann unsere Geschichte erzählen, was unsere Tochter, sie ist ein wenig zickig, wohl sagt?"

„Ortrun, denke ich, wird sich freuen, nun einen lieben Opa zu haben, denn sie mag dich wirklich sehr gern."

Er hatte im Grunde nichts dagegen, aber wäre es nicht angebracht, einen Vaterschaftstest zu machen? Sie war doch damals so in Horst verliebt. Hatte sie auch mit ihm geschlafen? Dann wischte er diese Zweifel beiseite und war sich sicher, dass eine Frau wohl merken würde, wenn sie geschwängert wurde. Oder?

Aber nun machte er sich ein wenig Sorgen, wie Claudia wohl reagieren würde, denn er hatte sie ja kennengelert, und wenn er sich nicht so zurückhaltend verhalten hätte, wäre es dazu gekommen, dass er mit seiner eigenen Tochter eine Liebesbeziehung angefangen hätte.

Er rang noch mit sich, ob er ihr von dieser Situation erzählen sollte, schwieg dann aber doch und nahm sich vor, wenn es zu dieser Begegnung kommen sollte, sich nichts anmerken zu lassen und sich neutral zu verhalten.

Er würde eben ein Gentleman sein.

Sie verbrachten noch einen schönen Abend und tranken die Flasche Wein gemeinsam aus.

Als er sich verabschiedete, fragte sie ihn noch, wo er denn jetzt wohnen würde und ob er ihr nicht einmal seine Wohnung zeigen wollte. Und im Bürgerpark würde sie auch gern einmal mit ihm spazieren gehen. Sie fragte, ob er ihr auch seine Jugenderlebnisse vor Ort erzählen wollte.

„Ja", meinte er, „natürlich können wir das so machen. Und für das geplante Familientreffen schlage ich die Munte vor."

Zum Abschied schlang sie ihre Arme um seinen Hals, und ihre Lippen fanden sich zu einem lieben Kuss.

Dann stand er vor der Tür des Anwesens, sein Kopf schwirrte und aus war es mit dem ruhigen Rentnerleben.

Wieder in seiner Wohnung angekommen, kochte er sich einen starken Kaffee und saß dann in seinem gemütlich Balkonsessel, zog sich eine Wolldecke über die Knie, schlürfte seinen Kaffee und bald kam auch die geliebte Zigarre dazu.

In der kommenden Nacht konnte er lange nicht einschlafen und wälzte sich hin und her.

Was kam nun auf ihn zu?

Er hatte nun eine Restfamilie in Bayern, Tochter, Schwiegersohn und zwei Enkelkinder, die alle nichts von ihm wissen wollten. Und jetzt eine sehr liebe neue beziehungsweise alte Familie mit Frau, Tochter und Enkeltochter, die ihn alle mochten.

An beiden Situationen konnte er nichts ändern und musste wohl oder übel beides akzeptieren.

Eigentlich hatte er sich an sein einsames mit Aufhellungen begleitetes Leben gewöhnt und wollte es gar nicht ändern, jedenfalls ohne großen Anhang, der aus seiner Erfahrung nur mit vielen Problemen behaftet war.

War es jetzt mit der angenehmen Ruhe vorbei? Konnte er jetzt so weiterleben wie bisher?

Sicherlich nicht, da waren auf einmal drei weitere Menschen in sein Leben getreten, die bestimmt einiges von ihm erwarteten und ihn, mindestens ab und zu, sehen wollten. Jetzt gab es auf einmal zwei Ortruns und eine Claudia, die er in seinen Tagesablauf einbauen musste.

An nächsten Morgen setzte er sich ans Telefon und rief das Restaurant „Die Munte" an und bestellte einen Tisch in einem kleinen Besprechungszimmer für vier Personen am Samstag dieser Woche.

Da das Restaurant für seine gute Küche bekannt war, dachte er, dass man es wagen konnte, keine Vorbestellung für ein bestimmtes Essen zu reservieren.

Dort konnte man es bei einem Essen à la carte belassen.

Als die Zusage kam, sagte er auf Verdacht ebenfalls zu. Dann rief er zuerst Claudia an und lud sie zu diesem Treffen ein, sagte ihr aber nicht, um was es ging und dass noch andere Personen anwesend sein würden.

Sie versuchte wieder, ihn zu sich nach Hause einzuladen.

Er erwiderte, dass es ein wichtiger Termin für sie und ihn wäre, verriet aber, trotz ihrer Versuche herauszufinden, um was es dabei ging, nicht den wahren Grund der Einladung.

Er sagte auch nicht, dass er sie abholen wollte, da ein Bus direkt vor dem Restaurant eine Haltestelle hatte.

Dann rief er Ortrun in der Seniorenresidenz an und sagte, dass er einen Tisch für Samstag in der „Munte" bestellt hätte und dass es ihm gelungen wäre, ihre und in Wirklichkeit auch seine Tochter Claudia dorthin zu bestellen. Sie war einerseits froh und voller Erwartung, fragte aber dann: „Woher kennst du denn unsere Tochter Claudia?"

„Ach", sagte er, „das ist eine lange Geschichte, die werde ich dir bei unserem nächsten Treffen erzählen."

Er ergänzte erklärend, dass Claudia bestimmt nicht wüsste, dass sie das Kind der beiden wäre.

Dann ritt ihn der Teufel und er sagte: „Was hältst du davon, wenn ich dich heute noch zu mir in meine Wohnungeinlade und dich heute Nachmittag abhole? Ich werde dich dann auch wieder nach Hause bringen. Du wolltest doch gerne sehen, wo und wie ich wohne?"

„O ja, gerne, ich hatte nicht so schnell mit deiner Bereitschaft, mich wiederzusehen, gerechnet. Ich freue mich wie ein Teenager. Wann holst du mich ab?"

„Was hältst du von 16:00 Uhr?"

„Ich kann es gar nicht abwarten, aber ich bin dann selbstverständlich fertig und erwarte dich."

Er versprach, pünktlich zu sein und legte auf.

Irgendwie war er auch ein wenig aufgeregt, aber eine Zigarre auf dem Balkon beruhigte ihn.

Dann rief er Ortrun an und erreichte sie nach einem Augenblick des Wartens. Sie fragte sofort: „Was ist passiert? Ich bin gerade noch auf Station gewesen."

Er sagte nur: „Ich habe für Samstagabend einen Tisch in der Munte bestellt, hoffentlich kannst du dir freinehmen. Deine Oma hat schon zugesagt, und eine Überraschung wird den Abend unterhaltsam machen."

„Du machst mich neugierig. Wenn es so wichtig ist, werde ich mir für diesen Termin freinehmen. Willst du mir nicht sagen, um was es geht?"

„Nein, liebe Ortrun, gedulde dich bitte. Du wirst es sicherlich nicht bereuen, ich freue mich auf unser Wiedersehen."

„Du machst es aber spannend. Wie soll ich meine Neugierde bis dahin noch zügeln?"

„Ach", sagte er, „wenn keine Neugierde auf irgendetwas mehr vorhanden ist, ist man eigentlich schon ein bisschen tot, denn man sollte sein Leben schön gestalten und immer etwas neugierig bleiben. Trotz aller Bemühungen der Menschen ist unsere Welt noch immer schön, jedenfalls liegt es an uns selber, wie schön das Leben ist, es sei denn das Schicksal misshandelt uns."

„Okay", sagte Ortrun nach einem Augenblick des Überlegens, „ich sehe in meinem Beruf schon einige Menschen, die vom Schicksal ganz schön gebeutelt werden. Aber", fügte sie nach einem weiteren Augenblick des Überlegens hinzu, „seit ich dich kennengelernt habe, ist mein Leben doch recht schön."

„Ja", antwortete er, „das geht mir genauso, du bringst mir auch immer wieder Sonnenschein in meinen Alltag, ich bin auf meine alten Tage immer recht froh, wenn ich dich treffen darf."

Sie tauschten noch einige Nettigkeiten aus und legten dann auf mit der Versicherung, dass sie sich auf das Treffen freuten. Auch Ortrun versprach er nicht, sie abzuholen, sie würde wohl sowieso mit dem Auto fahren.

Dann fuhr er zu einer ganz in der Nähe befindlichen Bäckerei und kaufte einige Stücke leckeren Kuchen für sich und Oma Ortrun.

Nachdem er wirklich lecker aussehenden Kuchen ausgesucht hatte, fuhr er zu Ortrun und holte sie von ihrer Wohnung ab. Sie empfing ihn mit einem strahlenden Lächeln.

Sie hatte sich wirklich schick gemacht. Sie trug einen dunkelblauen Hosenanzug, passende Schuhe und einen leichten Sommermantel, den sie offen ließ.

Als sie durch die Wohnungstür auf den Flur trat, drehte sie sich einmal in einem Tanzschritt herum, wie eine Model. „Bin ich passend angezogen, um deine Wohnung zu betreten?", fragte sie mit einem neckischen Ton in der Stimme.

„Natürlich", sagte er, „einfach très chic! Aber für mich hättest du dich nicht so schick machen brauchen."

Sie trat nun auf ihn zu, hakte sich bei ihm ein undmeinte: „Nun will ich mal sehen, wo und wie du haust."

Er hielt ihr die Wagentür auf, und sie stieg mit einem „Danke" ein. Er stieg dann auch ein, beide schnallten sich an – und los ging es.

Da es gar nicht so weit zu fahren war, gelangten sie innerhalb von zehn Minuten zu seiner Adresse.

„Mmmh, feine Adresse", meinte sie, „hier würde ich auch gerne wohnen, so direkt am Bürgerpark" Ich bin zwar auch recht zufrieden, dort an der Marcus-Allee, aber hier am Bürgerpark ist es einfach schöner. Außerdem bin ich sicher, dass der Park mit seinen vielen Bäumen und Blättern für eine gute Luft sorgt. Und wie ich von meiner Enkelin erfuhr, liebt ihr es ja auch, in diesem Park viel spazieren zu gehen."

Sie stiegen aus und betraten das Haus. Als sie die Treppen zu seiner Wohnung hinaufstiegen, knarrten die Stufen dieses alten Treppenhauses, und er fragte sich: War es eine freundliche Begrüßung oder protestierten die Stufen?

Ach, Quatsch, was sollte dieser Unsinn? Das Haus war eben schon sehr alt, und die hölzernen Stufen waren im Laufe der Jahrzehnte, beinahe einhundert Jahre, ausgetrocknet und knarrten deshalb.

Vor seiner Wohnungstür angelangt, schloss er auf und ließ ihr den Vortritt, damit sie sich einen ungestörten Eindruck machen konnte, wie er in dieser Wohnung lebte. Dann ging er an ihr vorbei in die Küche, packte den mitgebrachten Kuchen auf einen schönen alten Kuchenteller und stellte die Kaffeemaschine an.

Als er wieder das Wohnzimmer betrat, stand sie vor der Balkontür und schaute hinüber zum Park.

„Du darfst gern auch auf den Balkon gehen, ich liebe es, dort mit einer Tasse Kaffee und einer guten Zigarre zu sitzen."

So nun wusste sie auch gleich, dass er Zigarrenraucher war und wurde auf diese Weise mit seinem Laster konfrontiert.

Sie ging nicht auf sein Geständnis ein, öffnete die Balkontür und trat hinaus an das Geländer und atmete tief durch.

„Ja", sagte sie, „hier ist wirklich schöne frische Luft."

Er trat nun auch auf den Balkon und stellte sich neben sie an das Balkongeländer. „Ja", sagte er, „ich bin hier auch gerne."

Sie lehnte sich an ihn und sagte erst einmal gar nichts, dann aber: „Hier würde ich auch gern wohnen, ich beneide dich ein wenig."

Jetzt meldete sich die Kaffeemaschine, und er sagte:„Setz sich doch hier in den bequemen Stuhl, ich hole eben den Kuchen und den Kaffee. Nimmst du Zucker und Sahne?"

„Nein, nur etwas normale Milch, Sahne und Zucker nehme ich schon lange nicht mehr. Zucker ist ungesund und Sahne mästet nur. Weißt du, ich muss Kalorien reduzieren, denn ich esse gern und gut, da kann ich mit Verzicht auf Sahne und Zucker ein paar Kalorien sparen."

Er kommentierte das Gesagte nicht und ging in die Küche, holte Teller und Tassen heraus und stellte alles auf den kleinen Tisch auf dem Balkon. Dann holte er den Kaffee, ein kleines Kännchen mit normaler Milch und den Kuchen, und schon war der Kaffeetisch bestens gedeckt, es fehlte an nichts.

Jetzt nahm er einen kleinen Klappstuhl, setzte sich neben sie, schenkte ihr Kaffee ein und forderte sie auf, sich Kuchen zu nehmen.

Ihm fiel auf, dass sie gar nichts weiter sagte und wohl vor sich hingrübelte. Was ging ihr wohl durch den Sinn?

Sie tranken wortlos Kaffee und aßen den leckeren Kuchen. Dann ergriff er das Wort, um die Stille zu durchbrechen: „Wie findest du meine Wohnung?"

Sie sah ihn mit einem rätselhaften Gesichtsausdruck an und anwortete erst nach einer langen Pause.

„Wir haben durch meine Schuld viele schöne Jahre verpasst. Unsere Tochter und unsere Enkelin dürfen dich erst jetzt im Erwachsenenalter kennenlernen. Das macht mich sehr traurig. Aber andererseits bin ich froh, dass das Schicksal uns nach so vielen Jahren doch noch durch einen großen Zufall zusammengeführt hat.

Deine Wohnung gefällt mir ausgesprochen gut, hat eine schöne Lage, ist aber für zwei Personen ein bisschen klein. Findest du nicht auch?" Und wieder dieser rätselhafte Blick.

„Nein", sagte er jetzt, „Ich bin ja alleine und hatte auch nicht die Absicht, das zu ändern, ich bin eigentlich recht zufrieden mit dieser Wohnung und die Lage finde ich einmalig gut.

Weißt du", fügte er hinzu, „ich war beinahe fünfzig Jahre verheiratet. Die letzten zehn Jahre, bevor ich hierherzog, habe ich meine schwer kranke Frau Tag und Nacht bis zu ihrem Tod gepflegt. Kein Arzt der Welt konnte sie wieder gesund machen. Die Krankheit mit Namen Multisystematrophie ist absolut unheilbar. Ich hatte die Nase von irgendwelchen großen Problemen mehr als voll und wollte hier meine restlichen Jahre in Ruhe verbringen und ausklingen lassen."

Sie legte nun ihre Hand auf seine und sagte: „Das ist ja schrecklich, ich kann dich nun sehr wohl verstehen, ich dachte nur, dass du ja vielleicht doch noch den Wunsch hättest, dich nach einer neuen Partnerin sehnen würdest. Und dann wäre diese Wohnung doch ein wenig zu klein."

Wieder entstand eine längere Redepause, und beide aßen ihren Kuchen und tranken wortlos ihren Kaffee.

Und wieder war er es, der das Wort ergriff.

„Liebe Ortrun, ich wäre gern in unseren jungen Jahren dein Ehemann und auch offiziell Vater unseres Kindes oder auch mehrerer Kinder geworden, hätte dich gern verwöhnt. Aber erstens hast du uns keine Chance gegeben, indem du mir keine Möglichkeit gegeben hast, dich näher kennenzulernen.

Außerdem kennst du ja jetzt meine damalige Situation, die du durch mein Buch erfahren hast. Was hätte ich dir schon bieten können, außer mit einem Seemann zu leben? Ich habe mich damals noch sehr lange nach dir und deiner Liebe gesehnt. Dann habe ich das Nachbarmädchen Märte kennengelernt, und alles Weitere hast du in meinem Buch gelesen."

Sie stand nun auf, trat sehr dicht an ihn heran, nahm seinen Kopf in ihre Arme und küsste ihn sehr intensiv.

„Es tut mir so unendlich leid, dass ich damals so eine dumme Pute gewesen bin, es wäre bestimmt schön mit uns beiden geworden. Ich kann mir, was ich so von Ortrun erfahren habe, sehr gut vorstellen, dass du ein liebevoller Vater unserer Claudia oder mehrerer Kinder geworden wärst."

Er war mitlerweile aufgestanden, und sie standen sehr eng beieinander und schauten sich tief in die Augen.

„Ja", sagte er mit rauer Stimme, „hätte schön werden können, ist nun aber nicht mehr zu ändern. Ich möchte nun nicht mehr irgendwohin ziehen, ich fühle mich hier in dieser Wohnung recht wohl", ergänzte er.

„Ich bin in meinem Leben, bedingt durch die Krankheit meiner Frau, zu viel umgezogen, für dieses Leben reicht es mir."

Sie löste sich aus seiner Umarmung, drehte sich etwas zur Seite und schlug ihre Hände vor das Gesicht. Ein tiefes Schluchzen schüttelte sie.

Mit tränenerstickter Stimme sagte sie nun: „Als mir klar wurde, dass du der Vater von Claudia bist, entstand in mir der sehnlichste Wunsch, dass wir noch vieles nachholen könnten und du doch noch mein Mann wirst. Ich wäre trotz meines fortgeschrittenen Alters sofort dazu bereit.

Weißt du, als ich dein Buch las und dein Bild darin sah, ging mir ein tiefer Stich durch den Körper. Ich konnte es überhaupt nicht abwarten, dich endlich zu sehen, und viele schöne Träume begleiteten meine Nächte."

„Oh, liebe Ortrun, es ist zu spät geworden, solche Aufregungen kann ich nicht mehr verkraften und bin als Liebhaber nicht mehr tauglich, ich habe bereits einen Schlaganfall überstanden, bin Diabetiker, und mein Herz hat auch einen Knacks bekommen."

Er war nun so von Gefühlen aufgewühlt, dass er dachte, dass eine Zigarre nun das richtige Beruhigungsmittel wäre. Er setzte sich wieder in seinen Stuhl und zündete sich eine Zigarre an.

Sie sah ihn eigentümlich an, öffnete ihre Handtasche, er sah ein silbernes Etui, dem sie eine Zigarette entnahm, die sie mit einem silbernen Feuerzeug entzündete.

Überrascht schaute er ihr zu, denn er erinnerte sich an sein Essen mit Claudia, die auch ein solches silbernes Zigarettenetui besaß und sich genauso verhielt.

Er sinnierte einen Augenblick vor sich hin und paffte aufgeregt seine Zigarre. Dann sagte er mit belegter Stimme: „Ich will als Vater von Claudia und Opa von unserer Enkelin Ortrun alles tun, um sie beide glücklich zu machen."

Während er das sagte, und nachdem sie beide einige Züge getan hatten, räusperte er sich erneut und sagte, dass er noch etwas aufklären wollte.

„Ich will dir noch erzählen, woher ich Claudia bereits kenne."

Jetzt erzählte er ihr, wie er Claudia kennengelernt hatte, verschwieg aber, dass er nur mit Mühe der Verführungskunst seiner Tochter widerstanden hatte.

Mein Gott, was war er im Nachhinein froh, dass er nicht mit seiner eigenen Tochter geschlafen hatte.

Was würde Claudia wohl sagen und denken, wenn sie nun erfuhr, wer er war?

„Wie soll es denn mit uns beiden weitergehen, nachdem wir ja eine Familie sind?", fragte sie ihn jetzt und ließ erkennen, dass sie die Hoffnung hegte, von nun an mit ihm als Paar weiterzuleben.

Er überlegte noch eine Weile, dann sagte er: „Ich bin so überrascht, dass ich dich nach so vielen Jahrzehnten treffen durfte, und habe keine Ahnung, wie es mit uns weitergehen könnte. Ich habe gesehen, dass du so schön dort in der Seniorenresidenz untergebracht bist, und ich lebe hier in meiner kleinen Wohnung auch sehr gerne. Ich würde dich sehr gerne so oft wie möglich für gemeinsame Unternehmungen sehen, das heißt, wenn wir gesundheitlich noch einigermaßen dazu in der Lage sind. Wir können dann jeder für sich in unserer gewohnten Umgebung so leben, wie es uns gefällt, wasjanicht heißt, dass wir nicht vieles gemeinsam unternehmen sollten.

Ich freue mich natürlich, dass ich dich, leider viel zu spät, wiedergefunden habe. Und ich bedaure, dass wir unser schönes gemeinsames Erlebnis damals nicht fortsetzen durften und die Folgen nicht ausleben konnten."

Sie rauchten noch eine Weile still vor sich hin, bis sie sich räusperte und mit sehr trauriger Stimme sagte: „Ich habe begriffen, dass du nicht für immer bei mir sein willst, ich wäre sogar bereit gewesen, heute Nacht bei dir zu bleiben, aber vielleicht änderst du ja noch deine Meinung, und wir kommen doch noch zueinander. Bringst du mich noch in meine Wohnung?"

„Natürlich, ist doch selbstverständlich", stieß er hervor. „Ich mag dich doch noch immer."

Es war inzwischen Abend geworden. Sein Angebot, sie noch zu einem Essen einzuladen, lehnte sie ab und meinte: „Das können wir ja nachholen, wir sehen uns ja am Sonnabend in der Munte."

Sie stand auf, ging zur Garderobe und zog ihren leichten Mantel über, bevor er Zeit hatte, ihr zu helfen. Sie verließen seine Wohnung, gingen durch das Treppenhaus hinunter, das seinen Protest knarrend kundtat. Am Auto angekommen, kam er jetzt aber rechtzeitig, um ihr die Tür des Wagens zu öffnen.

Er stieg auch ein, beide schnallten den Sicherheitsgurt um – und los ging es.

Schon nach einer Viertelstunde, man hätte auch zu Fuß gehen können, erreichten sie die Wohnanlage, in der sie wohnte. Er begleitete sie noch bis zur Eingangstür der Anlage.

„Willst du noch mit raufkommen?", fragte sie und schaute ihn gespannt an.

„Ach, lass es mal für heute gut sein, wir sehen uns ja schon morgen in der Munte, ich werde dich pünktlich abholen. Schlaf gut, ich fand es heute schön mit uns."

Ihm schien, als wäre sie seit dem Nachmittag kleiner geworden. Als er sie in den Arm nahm, reichte sie ihm nur bis zur Schulter oder etwas höher.

Sie schaute zu ihm auf, und er konnte es nicht lassen, sie zu küssen. Dann riss er sich los, sagte noch: „Bis morgen. Und hab eine gute Nacht." Er drehte sich um, stieg wieder ins Auto und fuhr davon.

Zu Hause angekommen, kochte er sich noch einen Kaffee, obwohl er ja mit ihr auch genug Kaffee getrunken hatte, ihm war einfach danach. Und wieder saß er in seinem gemütlichen Rattan-Sessel auf dem Balkon und schlürfte seinen Kaffee, und seine Zigarre durfte nicht fehlen.

Der Tag war so gefüllt mit Gefühlswirrwarr, das noch jetzt alles in seinem Kopf durcheinanderging.

Diese Frau, die damals noch ein bildhübsches, rassiges Mädchen war, hatte ihn in jungen Jahren in ihren Bann gezogen, hatte ihn, der noch so jung und unerfahren war, richtig verführt. Oder war sie damals auch noch unerfahren gewesen, und nur die Neugierde hatte die beiden in den Strudel der Liebe getrieben?

Was wäre geworden, wenn sie weiterhin zusammengeblieben wären? Er war damals nicht nur jung und unerfahren, auch seine berufliche und familiäre Situation war doch das reinste Chaos. Was hätten ihre Eltern zu diesem Jüngling gesagt, der ihre Tochter einfach so geschwängert hatte?

Er war damals kurz davor, zur See zu fahren. Hätten sie und ihre Eltern einen Seemann als Schwiegersohn akzeptiert?

Ach, was sollte es jetzt noch.

Niemand konnte das Gewesene noch ändern.

Er fühlte sich einfach mies, denn er hatte diese junge Frau, zwar unwissentlich, doch so mit einem Kind im Stich gelassen.

Sie hatte sich offensichtlich sehr gefreut, ihn nach so vielen Jahren wiederzutreffen. War nicht nur neugierig, wie er heute so war, und würde nicht zögern, zu ihm zu ziehen, wenn er eine etwas größere Wohnung hätte. Sie, so sein Eindruck, wollte jetzt, da sie ihn wiederhatte, nicht wieder loslassen, sie wollte mit ihm zusammen sein.

Er kam gedanklich überhaupt nicht zu einem klaren Plan, wie er sich verhalten sollte, alle Wenn und Aber raubten ihm beinahe den Verstand.

Er setzte sich vor den Fernseher und schaute irgendetwas, jedenfalls konnte er sich gar nicht auf den Film konzentrieren, sodass er beschloss, ins Bett zu gehen.

Dort aber wälzte er sich hin und her, und als er dann endlich eingeschlafen war, ging das Gedankenwirrwarr weiter, sodass er sich am Morgen völlig unausgeschlafen fühlte.

Erst eine heiße Dusche und ein kräftiges Frühstück brachten ihn wieder auf klare Gedanken.

Er beschloss, nachdem die Familienzusammenführung in der Munte gelaufen war, zwar alle Beteiligten weiterhin zu treffen und mit ihnen schöne Stunden zu verbringen, aber keinerlei Bindung einzugehen.

Er war der Überzeugung, dass er für so etwas einfach zu alt geworden war. Er wollte sein seit Jahren gewohntes Leben bis an sein Ende weiterleben.

Alles andere, so sein Gefühl, war viel zu aufregend und mit zu viel Rücksichtnahme verbunden.

Wenn er Ortrun zwanzig Jahre oder noch früher wiedergefunden hätte, okay, dann wäre er ihren Wünschen nach Liebe und Zusammensein gerne gefolgt.

Er wäre dann bereit gewesen, über einen Umzug in eine gemeinsame Wohnung nachzudenken, denn sie war damals ein sehr aufregendes Frauchen gewesen.

Auch heute noch, in ihrem hohen Alter, war sie eine durchaus ansehnliche Frau, der man ihr Alter kaum ansah.

Er machte noch einen Spaziergang, einen kleineren als sonst, als ihm unterwegs eine Frage in den Sinn kam.

War Ortrun von dem Abend an bis jetzt allein geblieben? Hatte sie in den vielen Jahren keinen Mann, Freund oder Liebhaber gehabt? Er ging wieder in seine Wohnung und legte sich nach einem kleinen Imbiss zur Mittagszeit hin. Danach fühlte er sich doch wieder recht frisch.

Er kochte eine starke Tasse Kaffee, die er wie üblich, wenn das Wetter es zuließ, auf dem Balkon einnahm, und versuchte sich einen Plan für das bevorstehende Treffen zurechtzulegen.

War gar nicht so einfach, denn auf Claudia und sein Enkelkind Ortrun kam ja eine riesige Überraschung zu.

Für Claudia würde es doch ein wenig peinlich sein, denn sie hatte ja noch vor einiger Zeit versucht, mit ihm ein Verhältnis anzufangen und war bereit, mit ihm das Bett zu teilen und sich ihm hinzugeben. Aber er nahm sich vor, diese Vorkommnisse zu verschweigen und zu vergessen, sie konnte ja auf keinen Fall ahnen, dass er ihr Vater war.

Er beschloss nun, Mama Ortrun rechtzeitig abzuholen und sich dann beim Eintreffen von Enkelin Ortrun und Tochter Claudia etwas zurückzuhalten. Er wollte es Mama Ortrun überlassen, sich vorzustellen und seine Rolle in diesem Theaterstück zu erklären.

Und so kam es dann auch.

Er holte Mama Ortrun rechtzeitig von ihrem zu Hause ab, und sie fuhren in aller Ruhe zum Restaurant „Munte," das wunderschön am Bremer Stadtwald und in der unmittelbaren Nähe zur Universität Bremen lag.

Nachdem sie aus dem Auto ausgestiegen waren, hielt sie sich am Auto fest. Es schien, dass ihr entweder schwindelig war oder sie einen kleinen Schwächeanfall hatte. Er trat schnell an ihre Seite und legte seinen Arm um ihre schmalen Schultern und fragte, was ihr fehlte.

Sie lehnte ihren Kopf an seine Schulter und blickte zu ihm auf. „Weißt du, mir ist etwas mulmig, wenn ich daran denke, was uns bevorsteht."

„Ach, wir werden das schon packen, und wenn du willst, beginne ich mit meiner Vorstellung", erwiderte er und drückte sie an sich.

„Nein, nein, das mache ich schon, denn ich habe ja durch mein Verhalten damals verhindert, dass wir von Anfang an eine Familie wurden. Ich habe ja Schuld daran, dass Claudia ohne Vater und Ortrun ohne Opa groß wurden."

„Komm jetzt, wir packen es jetzt an, und bitte keine Schuldgefühle mehr", munterte er sie auf, und sie betraten nach ein paar Schritten das Restaurant.

Sie wurden in einen nett geschmückten Raum geführt. Die beiden stellten sich an die Stirnseite des schön gedeckten Tisches und warteten auf ihre Kinder, die noch gar nicht wussten, was auf sie zukam.

Nach einem Augenblick klopfte es an der Tür und nach einem „Herein" betrat Claudia das Zimmer.

Kaum hatte sie den Raum betreten, stockte sie und schaute die beiden, ihre Mutter und den schon bekannten Mann, an, wurde erst blass, dann schoss eine starke Röte in ihr Gesicht. „Was soll das hier werden?", fragte sie in Richtung ihrer Mutter.

Er stand ein wenig seitlich hinter Ortrun, sah Claudia aufmerksam an und legte einen Zeigefinger auf seine geschlossenen Lippen.

Sie nickte ihm zu und wandte sich wieder ihrer Mutter zu. Ortrun setzte sich nun an der Stirnseite des Tisches und klopfte auf den Sitz an ihrer Seite. „Komm, setz dich zu mir, ich will dir erklären, was es hier zu besprechen gibt."

Er blieb nun hinter Mama Ortrun stehen und deutete auf den Stuhl neben Ortrun.

Er rückte ihr den Stuhl zurecht, und sie setzte sich sehr zögerlich neben ihre Mutter.

„Du musst dich noch ein wenig gedulden. Wir erwarten noch eine Person. Ich möchte nicht alles zweimal erzählen, denn es ist sehr persönlich und strengt mich sehr an", sagte Ortrun und strich ihrer Tochter über den Arm.

Eine Bedienung trat in den Raum und fragte nach den Wünschen.

Ortrun sagte: „Wir warten noch auf jemanden, danach wünschen wir zu speisen, Sie können schon einmal eine Speisekarte bringen.

Und bitte stellen Sie eine gute Flasche Sekt kalt, ich sage Ihnen dann Bescheid", fügte sie hinzu.

„Ich verstehe überhaupt nichts mehr", drängelte Claudia nun. „Willst du mir nicht verraten, um was es hier geht?" „Bitte gedulde dich noch einen Augenblick",beruhigte Ortrun ihre Tochter.

Nun klopfte es wieder an der Tür. Das jüngste Familienmitglied erschien: Ortrun. Sogleich steuerte sie auf ihre Oma zu, nahm sie in den Arm und sagte erfreut: „Oh, wie schön, alle meine Lieben sind da. Oder erwarten wir noch andere Gäste?"

„Nein", sagte ihre Oma nun auch, „alle meine Lieben sind anwesend und ich freue mich sehr."

Claudia drehte sich nach dem Alten um und sah ihn fragend an. Er reagierte nicht darauf, ging an die Tür und rief die

Bedienung. „Jetzt können Sie die Speisekarte bringen und auch den Sekt servieren, die alte Dame will eine kurze Rede halten und dann mit allen Anwesenden anstoßen."

Dann ging er wieder zum Tisch und nahm zwischen Mama Ortrun und Enkelin Ortrun Platz. Als der Sekt im Glas perlte, stand Mama Ortrun auf und räusperte sich. Man merkte ihr die Erregung deutlich an.

Sie fing nun an, den Grund des Zusammenkommens zu erläutern.

Sie wendete sich zuerst an Claudia.

„Liebe Tochter, es fällt mir sehr schwer, das Kommende zu erzählen, aber ich will nicht lange herumreden. Du hast mich immer wieder gefragt, wer dein Vater sei und warum der nicht mit uns gelebt hat. Diese Frage hat uns auch vor einiger Zeit auseinandergebracht.

Nun bekommst du die Antwort. Der Mann, der neben mir sitzt, ist dein Vater." Und an Ortrun gewendet: „Er ist dein Großvater."

Enkelin Ortrun sprang auf und umarmte den Alten: „Jetzt weiß ich endlich, warum ich dich so lieb habe."

Claudia sah sich diesen Freudenausbruch ihrer Tochter kopfschüttelnd an, sie verstand offenbar gar nichts.

„Aber Mama, ich und meine Tochter haben wohl nun das Recht zu erfahren, wie das alles zusammenhängt. Ich freue mich sehr und bin nun neugierig auf deine Erklärung", sagte Claudia und und sah ihre Mama an.

Ortrun hob nun das Glas und sagte: „Lasst uns erst einmal auf dieses glückliche Ereignis anstoßen." Sie richtete das Glas zu Claudia und dann zu ihrer Enkelin, nippte daran und setzte es wieder auf den Tisch.

Jetzt räusperte sie sich und begann zu erzählen. „Ich bin in jungen Jahren, ich lebte damals in Kirchweyhe, öfters mal nach Bremen gefahren und besuchte mit einigen anderen Leuten aus Kirchweyhe, eine in dieser Zeit sehr angesagte Musikkneipe.

Wir jungen Leute konnten uns nicht sehr viel leisten und so hörten wir die neuesten Schlager. Dazu ein Glas Bier – das musste für den ganzen Abend reichen.

An diesem Abend stand ich neben zwei jungen Männern, die sich ständig in den Musikpausen unterhielten und mich ansahen. Einer war blond und ziemlich kräftig gebaut. Ich hatte ihn schon öfters dort gesehen, ich mochte ihn sehr gut leiden und hätte nichts dagegen gehabt, mit ihm befreundet zu sein.

Wenn die beiden das Glas nahmen und tranken, prosteten sie mir zu. Der andere junge Mannbetrachtete mich sehr lange und lächelte mir zu. Er war genauso groß wie mein Schwarm, hatte beinahe schwarze Haare, blaue Augen, war sehr schlank und schien sehr sympathisch zu sein.

In einer Musikpause kam ein Mädchen, das auch aus Kirchweyhe war, zu mir, deutete auf meinen Schwarm und flüsterte mir zu: ‚Den da, den kenne ich auch. Bei dem zu Hause findet öfters eine Party statt. Der hat viel Platz zum Tanzen, hat ganz viele Schallplatten mit all den angesagten Sängern. Heute soll wieder eine Fete steigen. Kommst du mit? Wir sind dann vierzehn Leute.'

Ich habe, ich kann das heute noch nicht verstehen, dann nicht lange überlegt und habe zugesagt. Eigentlichwar das sehr leichtsinnig, aber wir waren jung, waren ja nicht allein und wollten was erleben.

Wir beiden Mädchen gingen zu den beiden Jungs und sagten, dass wir zu der Party auch kommen wollten. Sie blieben irgendwie ziemlich cool und sagten: ‚Okay, wir gehen nach dem nächsten Song los, wenn ihr mitkommen wollt, schließt euch an.'

Der Junge, den ich heimlich verehrte, er hieß, wie ich dann erfuhr, Horst, wohnte in der Hollerallee, also direkt am Bürgerpark, in einem Geschäftshaus im Souterrain.

Dort war so viel Platz, dass wir ausgelassen Rock and Roll und Ähnliches tanzen konnten. Ich war ziemlich sauer, denn Horst kümmerte sich nicht um mich.

Dann traf es sich, dass ich mit deinem Vater tanzte. Er konnte sehr gut tanzen. In seinen starken Armen fühlte ich mich sofort wohl und geborgen. Ich war sofort hin und weg. Horst war sofort vergessen, und wir beide verbrachten den ganzen Abend miteinander. Die Räumlichkeiten boten so viel Platz, dass wir uns zurückziehen konnten. Und so kam es, dass wir zueinanderfanden. Dann war alles vergessen. Das Letzte, woran ich mich erinnere, ist, dass ich ihn bat aufzupassen. Damals gab es noch keine Pille, und andere Mittel waren nicht vorhanden. Dass wir dann nach einem traumhaft schönen Abend und auch einer beinahe ganzen Nacht nicht zusammenblieben, lag an mir.

Als wir uns, ich musste den letzten Zug erreichen, verabschiedeten, ging ich nicht auf seine Fragen nach Telefonnummer oder nach einem erneuten Treffen ein. Ich blöde Pute war von diesem Abend und dem Erlebten noch völlig durcheinander und fertigte ihn mit der Begründung, es eilig zu haben, einfach ab, drehte mich um und machte mich auf den Weg zum Bahnhof.

Sein Angebot, mich zu begleiten, lehnte ich ziemlich brüsk ab.

Das war dann das letzte Mal, dass ich euren Vater gesehen habe, bis Ortrun ihn kennenlernte und ihn mir wieder zuführte. Spätere Nachforschungen, ich bemerkte ja sehr schnell, dass ich schwanger war, führten zu nichts, denn Horst und seine Familie wanderten noch in demselben Monat in die USA aus, wo schon ein Teil der Familie lebte, und von eurem Vater hatte ich nur den Vornamen Rolf.

So musste ich dich, liebe Claudia, mithilfe meiner Eltern, alleine großziehen.

Wenn wir uns nun alle wiedergefunden haben, so bitte ich euch, lasst alle Querelen hinter uns und nutzt die Chance, die uns das Schicksal gewährt hat. Lasst uns versuchen, auch wenn wir alle getrennt leben, eine Familie zu sein, ich bin dazu bereit."

Sie setzte sich wieder hin, hob noch einmal ihr Glas und sagte: „Darauf wollen wir alle anstoßen", und sah ihn erwartungsvoll an.

„OKay", sagte er nun, „ich kann mich ja auch noch zu Wort melden, obwohl meine liebe Ortrun das meiste schon gesagt hat. Wir sollten nun das Essen bestellen, sonst wird es dafür zu spät." Er ging zur Tür und rief die Bedienung heran, und alle bestellten ein Getränk und ein Essen.

Dann, wieder an seinem Platz angelangt, blieb er stehen und sagte:

„Unser aller Vergangenheit kennen wir nicht im Detail, aber ich will in kurzen Worten meine erzählen.

Meine Entstehung, meine Jugend und junge Erwachsenenzeit kennt ihr ja alle aus meinem Buch, das ihr ja gelesen habt. Nach der Rückkehr von der See, ich hatte den Eindruck, erwachsen geworden zu sein, rief mich die Bundeswehr, und ich tat nach der Ausbildung vier Jahre meinen Dienst in der Flugsicherung und der F104-Staffel auf dem Fliegerhorst Oldenburg.

Nach der Bundeswehr, ich hatte mich für vier Jahre freiwillig gemeldet, da mir dies lukrativ erschien, habe ich mehrere Ausbildungsgänge absolviert und wurde nach mehreren Zwischenstationen bei renommierten Bremer Firmen, wie zum Beispiel dem Norddeutschen Lloyd, kaufmännischer Prokurist eine Bremer Baugesellschaft. In der Zwischenzeit lernte ich eine Frau kennen, die ich heiratete. Wir bauten dann in Thedinghausen ein großes Haus, in dem wir mit meinen Schwiegereltern wohnten. Wir bekamen eine Tochter, offenbar kann ich nur Mädchen", grinste er.

„Meine Frau wurde dann nach vierzig Jahren Ehe sehr krank, und ich habe sie dann bis zu ihrem Tod beinahe zehn Jahre lang gepflegt. Meine Tochter heiratete einen Mann mit sehr schlechtem Charakter, zog nach einigen anderen Stationen nach München und sagte sich von ihren Eltern los, nachdem wir ihre Ehe im Laufe der Zeit mit beinahe zweihunderttausend DM finanzierten.

So", sagte er, „jetzt kennt ihr mich und werdet mich sicher verstehen. Ich bin froh, euch zu kennen und werde den Kontakt zu euch genießen, wenn ihr es denn wollt, möchte aber ansonsten allein bleiben, weil ich so viel Negatives erleben musste."

Plötzlich wurde er von drei Frauen umringt und auf Mund und Wangen geküsst. „Wir wollen dich aber mitten unter uns haben", sagte Mama Ortrun und ihre Arme schlangen sich um seinen Hals.

Jetzt wurde er aus dieser ihm peinlichen Situation gerettet. Denn das Essen und die Getränke wurden aufgetischt, sie speisten in aller Ruhe und er musste viele Fragen aus seinem interessanten Leben erzählen, vor allem über seine Frau, deren Leiden und warum es zu dem Zerwürfnis zwischen ihm und seiner Tochter gekommen war. Sie saßen bis weit in den Abend hinein, und als man sich verabschiedete, musste er Enkelin Ortrun versprechen, dass alles so bleiben würde, wie es zwischen ihnen war.

„Ich wünsche mir nichts anderes, mach dir keine Gedanken, ich werde immer für dich da sein."

Auch Claudia meinte mit einem Augenzwinkern, dass er ja nun auch bei ihr zum Essen sehr gerne willkommen sei.

Als sie sich von ihm verabschiedete, flüsterte sie ihm ins Ohr: „Es passiert dir auch nichts, obwohl ich das bedaure."

Er brachte Ortrun nun wieder in ihre Residenz.

Sie bat ihn noch: „Der Nachmittag und Abend waren so schön, und ich bedaure, dass es schon vorbei ist. Kommst du noch mit rauf?"

Einen Augenblick rührte sich in ihm der Mann und er fühlte die Bereitschaft von ihrer Seite. Er riss sich aber zusammen, nahm sie in den Arm und sagte:

„Ach, liebe Ortrun, ich bin einfach zu alt geworden, sodass meine Gefühle zu dir von meinem Körper negativ beantwortet werden. Schade, dass wir uns jetzt erst wiedersehen, es hätte so schön werden können, aber das Schicksal wollte es nicht." Er hielt sie immer noch im Arm, küsste sie auf die Stirn und wünschte ihr eine gute Nacht: „Wir sehen uns von nun an öfters und können ja einiges unternehmen."

Er drehte zum Gehen um, aber sie hielt ihn fest. Ihr fordernder Kuss ließ ihn erschauern. Als er in seine Wohnung zurückkam, begann das übliche Ritual, erst wurde die Kaffeemaschine angeschaltet, dann zog er sich um und machte es sich bequem.

Mit dem Kaffee und seiner geliebten Zigarre setzte er sich in den bequemen Rohrsessel auf dem Balkon, obwohl es schon ziemlich frisch wurde.

Sein Kopf schwirrte, wenn er noch etwas jünger gewesen wäre, würde er nun nicht hier sitzen, zu fordernd war der Kuss von Ortrun, der alles Glück der Erde versprach.

Auch dankte er dem Schicksal, dass er es nicht bereuen musste, dem Werben von Claudia so energisch widerstanden zu haben. Mein Gott, was wäre nun, wenn er ihr nachgegeben hätte?

Wie schön und sauber war dagegen sein Verhältnis zu Enkelin Ortrun. Obwohl sie auch eine ganz bezaubernde junge Frau war, war es Gott sei Dank niemals zu irgendwelchen Annäherungen gekommen.

Das Telefon klingelte, und er wusste, wer am anderen Ende war. Wie erwartet, war es OmaOrtrun.

„Der Tag war so aufregend und gleichzeitig schön, denn ich habe alles, was ich liebe, bei mir gehabt. Und nun liege ich in meinem Bett und bin ganz furchtbar einsam. Ich stelle mir gerade vor, wie es wäre, wenn wir damals zusammengeblieben wären, wenn ich nicht so zickig gewesen wäre.

Aber ich weiß ja, dass das alles nur Träume einer alten, törichten Frau sind. Ich wollte nur noch einmal deine Stimme hören, bevor ich einschlafe. Ich kann dich, nachdem du uns dein Leben geschildert hast, voll verstehen. Aber bitte gib uns die Chance, uns öfters zu sehen. Wir verlangen nichts von dir, was deine Lebenswirklichkeit zu sehr einschränkt.

In Gedanken umarme ich dich, wünsche dir eine gute Nacht und werde sicherlich von dem träumen, was hätte sein können. Küsschen.“

Dann legte sie auf und hinterließ einen alten Mann, der doch ziemlich hin- und hergerissen war zwischen Vernunft und irrationalen Gefühlen.

Da konnten nur wieder ein Kaffee und mehr als eine Zigarre auf dem Balkon die Gefühle ein wenig besänftigen. Als er so dasaß, kam ihm die Idee: Hatte er nicht noch eine Flasche „Dipping-Whiskey“ im Schrank?

Das war ein Bourbon-Whiskey, der mindestens dreißig Jahre Holzfasslagerung hinter sich hatte.

Als er dann sehr spät in der Nacht den Balkon verließ und seinem Bett zustrebte, war er schon ein bisschen ruhiger geworden, aber sein Schlaf war angefüllt mit Träumen aller Art – und Mama Ortrun war die meiste Zeit gedanklich bei ihm.

Der nächste Morgen kam, und der Tag war nicht wie sonst. Zwar lief es erst einmal wie immer ab. Morgentoilette, anziehen und die Zubereitung und der Verzehr eines leckeren Frühstücks.

Aber seine Gedanken ließen sich nicht so einfach ordnen, und ein klarer Plan, wie es jetzt mit der dazugewonnenen Familie weitergehen sollte, kristallisierte sich nichtaus dem vorherrschenden Wirrwar der neuen Gegebenheiten heraus. Er kam sich ziemlich hilflos vor.

Den Kontakt zu Ortrun, die nun auf einmal seine Enkelin war, wollte er auf keinen Fall ändern oder sogar abbrechen.

Zu erfrischend und angenehm waren ihre Begegnungen und die schönen Spaziergänge und Ausflüge.

Aber was sollte er künftig mit Claudia anfangen?

Würde sie ihre Annäherungsversuche unterlassen? Würde sie ihr Interesse behalten, ihn bei seiner Schriftstellerei und der Vermarktung seiner Bücher zu unterstützen?

Auf keinen Fall würde er, das war ihm klar, mit ihr alleine essen gehen und sie in ihrer Wohnung besuchen. Wenn schon, würde er mit allen ausgehen.

Und Mama Ortrun? Sicherlich wünschte die sich einen engeren Kontakt und sicherlich auch mehr.

Das würde dann aber seinen jetzigen Lebensstil völlig umkrempeln und verändern.

Er würde nicht zu ihr ziehen können und sie nicht in seine jetzige kleine Wohnung.

Wieder eine neue größere Wohnung, geeignet für zwei alte Menschen, wieder umziehen, mit all den Unwegsamkeiten? Nein, und noch einmal nein. Kein neues Abenteuer. Er wäre nicht mehr völlig frei, seinen Tag nach körperlicher und geistiger Verfassung zu gestalten und einfach seine Ruhe zu haben.

Sein Leben war viel zu aufregend und anstrengend gewesen.

Er musste jetzt geistigen Freiraum behalten und in aller Ruhe nachdenken.

Natürlich war es nicht ohne Reiz, von drei schönen Frauen umgeben zu sein, aber das hätte ihn vor zig Jahren mehr aufgeregt. Und sicherlich hätte das eine oder andere schöne Erlebnis sein Leben bereichert.

Bei dieser Überlegung kam es ihm in den Sinn, welch schreckliche Situation es gewesen wäre, wenn er auf Claudias Werben eingegangen wäre. Mit seiner eigenen Tochter schlafen? Grausam! Unvorstellbar!

Er beschloss, alles Weitere abzuwarten und auf jeden Fall sein jetziges Leben beizubehalten und sich auf keinen Fall auf irgendeine engere Beziehung einzulassen.

Warum auch? War doch bisher auch ganz gut gelaufen. Natürlich waren da nun zwei weitere Frauen, die wohl den Wunsch hatten, dass er sie in sein Tun einbeziehen sollte, jedenfalls Oma Ortrun – und das wollte er auch berücksichtigen. Wie es mit Claudia weitergehen sollte, war ihm völlig unklar.

Er beschloss, in der Beziehung zu ihr nichts übers Knie zu brechen und abzuwarten, wie es sich ergab.

Dann aber, er war wieder einmal im Park unterwegs, fiel ihm eine Lösung ein, die, so meinte er, allen Beteiligten gefallen sollte.

Mit seiner Enkelin wollte er sich weiterhin am Freitag treffen und irgendetwas Schönes unternehmen.

Mama Ortrun wollte er, so nahm er sich vor, auch regelmäßig treffen.

Dazu fiel ihm jetzt ein, dass man einmal in der Woche ein Treffen, vielleicht auch zusammen mit Claudia, vereinbaren könnte.

Er nahm sich vor, mit allen Beteiligten darüber zu sprechen, und war sich sicher, eine schöne Lösung zu finden.

Ende gut, alles gut, so schloss er seine Überlegungen ab. Da hatte er aber seine Rechnung ohne Mama Ortrun gemacht.

Der nächste Freitag kam, und er traf sich wieder mit seinerEnkelin im Bürgerpark, auch schöne Ausflüge kamen vor. Anschließend fuhren sie zu Mama Ortrun, die ihn dann aber eines abends, nachdem sie sie besucht hatten, anrief und meinte, dass sie ihn doch bitte viel öfters sehen wollte.

„Jetzt, wo ich dich endlich wiedergefunden habe, möchte ich dich am liebsten ständig bei mir haben. Aber ich muss akzeptieren, dass du andere Vorstellungen hast, was deinen jetzigen Tagesablauf betrifft."

„Kommt Zeit, kommt Rat", so schloss er seine Überlegungen ab.

EIN HERZ FÜR AUTOREN A HEART FOR AUTHORS À L'ÉCOUTE DES AUTEURS MIA KAPΔIA ГIА ΣΥ
ΑΡΙΛ A FÖR FÖRFATTARE UN CORAZÓN POR LOS AUTORES YAZARLARIMIZA GÖNÜL VERELIM
PER AUTORI ET HJERTE FOR FORFATTERE EEN HART VOOR SCHRIJVERS TEMOS OS AU
ZÖINKÉRT SERCE DLA AUTORÓW EIN HERZ FÜR AUTOREN A HEART FOR AUTHORS À L'ÉC
BCEЙ ДУШОЙ К АВТОРАМ ETT HJÄRTA FÖR FÖRFATTARE À LA ESCUCHA DE LOS AU
ΜΙΑ ΚΑΡΔΙΑ ΓΙΑ ΣΥΓΓΡΑΦΕΙΣ UN CUORE PER AUTORI ET HJERTE FOR FORFATTERE EE
ARIML ERZÖINKÉRT SERCE DLA AUTORÓW EIN HERZ F
SCHRI S OS A ORAÇÃO BCEЙ ДУШОЙ К АВТОРАМ ETT HJÄRTA

Der Autor

Rolf Berlimont (Jahrgang 1937) blickt auf ein
langes, spannendes, ereignisreiches Leben zurück.
Die Jahre als Kriegskind sowie seine Erfahrungen
in den unterschiedlichsten Berufen haben ihn
geprägt. Er hat eine Tochter, ist verwitwet, hat
jedoch wieder eine neue Liebe gefunden. Einfach
war sein Leben nie, aber auch nie langweilig.
Nach der Volksschule absolvierte er zunächst eine
kaufmännische Lehre, bevor es ihn zwei Jahre lang
als Seemann in die Ferne zog. Danach war er vier
Jahre Flugbetriebsspezialist bei der Luftwaffe. Nach
einer kaufmännischen Weiterbildung arbeitete er
als Buchhalter, wurde kaufmännischer Prokurist.
Schließlich machte er sich als Gewerbemakler
selbstständig. Als Rentner hält er Rückschau
und ist zufrieden mit seinem Leben. Bei allem,
was er tut: Die See ist immer in seinem Herzen.
Sein Lieblingshobby ist das Reisen, um neue
Kulturen kennenzulernen. Mit „… pass bitte auf!"
veröffentlicht er sein viertes Buch.

novum VERLAG FÜR NEUAUTOREN

Der Verlag

Wer aufhört
besser zu werden,
hat aufgehört
gut zu sein!

Basierend auf diesem Motto ist es dem novum Verlag
ein Anliegen, neue Manuskripte aufzuspüren, zu veröffentlichen und deren Autoren langfristig zu fördern.
Mittlerweile gilt der 1997 gegründete und mehrfach
prämierte Verlag als Spezialist für Neuautoren in
Deutschland, Österreich und der Schweiz.

**Für jedes neue Manuskript wird innerhalb we-
niger Wochen eine kostenfreie, unverbindliche
Lektorats-Prüfung erstellt.**

Weitere Informationen zum Verlag und
seinen Büchern finden Sie im Internet unter:

w w w . n o v u m v e r l a g . c o m